삶의 지혜를 동여맨

페페 에스코바의 편지

삶의 지혜를 동여맨

페페 에스코바의 편지

페페 에스코바 지음
조영학 옮김

Pepe Escobar

시대의창

내일을 살아갈 사람들에게 전하는 지혜의 말
삶의 지혜를 동여맨

페페 에스코바의 편지

초판 1쇄   2026년 4월 20일 발행

지은이 페페 에스코바
옮긴이 조영학
펴낸이 김성실

책임편집 박성훈
교정교열 이희연
표지 형태와내용사이
제작 한영문화사

펴낸곳 시대의창   등록 제10 - 1756호(1999. 5. 11)
주소 03985 서울시 마포구 연희로 19 - 1
전화 02)335 - 6121   팩스 02)325 - 5607
전자우편 sidaebooks@daum.net
페이스북 www.facebook.com/sidaebooks

ISBN 978 - 89 - 5940 - 883 - 2 (03840)

이미 번역 현장을 떠난 사람을 불러내 반강제로 원고를 떠넘기며, 꼭 당신이 맡아야 한다고 내놓은 이유가 고작 "저자와 연배가 비슷하기 때문"이었다. 확인해 보니, 저자 페페 에스코바Pepe Escobar가 1954년생, 나보다 5~6년 선배였다. 원고를 훑어보니, 브라질의 유명한 특파원 겸 칼럼니스트가 이제 막 태어난 손자에게 자신이 평생 겪어온 삶과 지혜를 유산으로 남겨주는 내용이었다. 다만 손자가 십 대가 되어 내용을 이해할 즈음인 2030년에 공개하도록 했기에 원서 제목이 '2030'이다.

내게도 어느 정도 익숙하지만, 젊은 시절의 저자는 격동과 격변의 시대를 살았다. 1968년 프랑스 혁명, 베트남전쟁, 70년대 히피 문화 등을 겪으며, 정신적 혼란에 빠지고, 때로는 문학과 음악, 때로는 여행, 심지어 대마 등 마약에 의지하며 위로를 받고 일이십 대의 아노미적 삶을 빠져나왔다. 밥 딜런, 버즈, 롤링 스톤스, 플라톤, 키츠, T. S. 엘리엇, 싯다르타, 셰익스피어, 블레이크, 괴테, 보르헤스… 블루스에서 재즈, 클래식에서 낭만주의 시대, 작가 에스코바의 문화적 탐닉은 폭도 끝도 없다.

어쩌면 출판사의 선택이 옳았을지도 모르겠다. 젊은 에스코바의 시대적, 문화적 경험과 고민이 내게도 익숙한 데다 한때 영문학자를 꿈꾸기도 했던 터라, 때로는 넋두리처럼, 때로는 몽환에 빠진 듯이 툭툭 던져놓는 이야기들이 어렵지 않게 다가왔던 것이다. 다만, 시대와 세대가 다른 독자라면 낯선 풍경일 수도 있겠다 싶어, 숨은 인용과 상징, 은유 들을 하나하나 찾아 (원서에 없는) 주석을 붙여놓았다. 그 주석들을 따라 당시의 특별한 문화들을 검색, 추적해 보는 것도 색다른 재미가 될 법하다.

저자는 왜 손자에게 이 글, 이 책을 남기려 했을까? 문학,

6

음악, 역사, 여행에 이르기까지, 자신의 폭넓은 경험과 지식을 거침없이 풀어내면서도 끝내 속 시원하게 해답을 알려주지 않는다. 그저 "침묵을 품으라"는 지극히 모호한 주문을 내놓을 뿐이었다. 물론 "할애비가 이렇게 유식하고 박학다식하단다"고 자랑하고 싶었을 리는 없으리라.

저자가 보기에 손자가 태어나 자랄 현대의 유럽연합은, "누아르 필름처럼 부패가 부패 위에 쌓이는 곳. 영혼의 폐허, 인류의 불행, 평행 차원에 비친 영혼의 폐허, 인류의 불행, 모든 것을 초월해 극단적으로 퇴행하는 신자유주의적 현실" 속에서 "절박하고 절망적인… 좀비 죄수들이 버글거(리며) 악몽으로 탈바꿈한 꿈을 투사"하고 있다. 아마도 저자는 그 속에서도 어딘가 손자가 헤쳐 나가고 살아남을 길이 있다고 얘기하고 싶었을 것이다. 젊은 자신이 전쟁과 허무주의의 와중에서 절망하지 않고 살아남았듯이. 다만 그 길을 찾는 것은 손자 아이얀의 몫이리라. 할아버지처럼, 자기만의 음악, 문학, 여행, 역사를 만들어내면서.

작업을 마친 후, 문득 그런 생각이 들었다. 아직, 아이들이 미혼이라 손자도 손녀도 없지만, 언젠가 내 앞에 3세가 나타났을 때, 에스코바처럼 내 얘기를 글로 남길 생각이 있을까? 아니, 그럴 용기는 있을까? 자격은? 그렇게 생각하니, 이 책은 어쩌면 십 대가 될 손자가 아니라, 우리 어른들이 읽어야 할 지침서이자 반성문일지도 모르겠다. 미래 세대를 위해, 미래 세대의 안녕과 희망을 위해, 우리가 어떤 삶을 어떻게 살고, 어떻게 생각하고 어떻게 행동하며, 어떤 서사를 쌓아가야 할지 알려주는…그런데 그날이 오면, 에스코바처럼, 아이에게 들려줄 이야기가 내게 있기는 한 걸까?

남양주에서

차례

페페 에스코바가 언급한 도서 목록

페페 에스코바는 해박한 지식과 지혜를 함축적이고 비유적인 언어로
풀어놓습니다. 그의 말은 동서양의 고전과 문화 유산의 토대 위에서
빛을 발합니다. 그 지혜의 말을 이해하는 데에 미리 알아두면 좋은
도서 목록을 간략한 내용과 함께 수록합니다.

가르강튀아·팡타그뤼엘 (프랑수아 라블레)

거인 부자의 모험을 통해 중세의 금욕주의와 교조적인 교육 체계를 비웃고, "네가 하고 싶은 대로 하라"는 인본주의적 자유 정신을 해학과 음담패설 섞인 문체로 선포합니다.

감정 교육 (귀스타브 플로베르)

1848년 혁명기를 살아가는 청년 프레데리크 모로의 아무 성과 없는 사랑과 무기력한 삶을 다룹니다. 위대한 성취가 아닌 평범한 인간의 환멸과 권태를 극사실적으로 담아냈습니다.

거울 나라의 앨리스 (루이스 캐럴)

앨리스가 거울 속 세계로 들어가 체스판의 규칙에 따라 움직이며 겪는 모험입니다. 거울의 대칭성, 시간의 역전 등 보다 복잡한 논리와 철학적 비유가 담겨 있습니다.

고백록 (장 자크 루소)

자신의 과오와 치부까지 모두 드러내며 사회와 단절된 독자적인 근대적 자아를 선언한 자서전입니다. 외부의 시선보다 내면의 진실을 우선시하는 낭만주의적 태도의 기원이 되었습니다.

고함과 분노 (윌리엄 포크너)

미국 남부 콤프슨 가문의 몰락을 다룹니다. 지적 장애인의 의식, 자살 직전의 고뇌 등을 '의식의 흐름' 기법으로 서술하여 인간 삶이 '고함과 분노'로 가득 찬 허무임을 강렬하게 형상화했습니다.

구당서

《신당서》보다 먼저 편찬된 당나라 역사서로, 보다 원초적인 사료와 기록들을 담고 있어 사료적 가치가 매우 높습니다.

길가메시

친구의 죽음 후 영생을 얻기 위해 모험을 떠나는 영웅의 여정을 다룬 인류 최고最古의 서사시입니다. 죽음이라는 인간의 운명을 받아들이는 과정을 그립니다.

노수부의 노래 (S.T. 콜리지)

바다새를 죽인 노선원이 겪는 초자연적인 시련과 죄책감, 그리고 생명에 대한 외경심을 회복하는 과정을 다룬 시입니다. 낭만주의 시학의 환상적이고 상징적인 측면을 잘 보여줍니다.

논어 (공자)

공자와 제자들의 대화를 통해 '인仁'의 실천과 도덕적 삶의 태도를 제시합니다. 동양 사상의 근간이 되는 윤리 및 통치 철학의 핵심입니다.

니코마코스 윤리학 (아리스토텔레스)

인간이 행복해지기 위해 갖춰야 할 덕과 '중용'의 미덕을 탐구합니다. 행복은 일시적 쾌락이 아니라 영혼의 탁월한 활동임을 강조합니다.

대당서역기 (현장)

인도로 구법 여행을 떠났던 현장 법사가 직접 보고 들은 110여 개국에 대한 지리 풍속 기록입니다. 당시 중앙아시아와 인도 연구에 필수적인 사료입니다.

대화 (플라톤)

소크라테스의 문답법을 통해 정의, 용기, 진리 등의 개념을 명료화하는 과정을 담았습니다. 서구 철학의 사유 방식이 탄생하는 현장을 보여줍니다.

데카메론 (보카치오)

페스트를 피해 모인 남녀들이 나누는 100가지 이야기입니다. 신 중심의 중세에서 벗어나 인간의 욕망, 재치, 세속적 삶을 긍정하며 근대 리얼리즘 문학의 길을 열었습니다.

도리언 그레이의 초상 (오스카 와일드)

영원한 젊음을 위해 영혼을 팔고, 대신 자신의 죄악이 투영되어 늙어가는 초상화를 둔 남자의 이야기입니다. 예술과 도덕, 아름다움과 추함의 관계를 탐구한 탐미주의 문학의 정점입니다.

돈키호테 (세르반테스)

망상 속에 사는 기사와 현실적인 하인의 여정을 통해 이상과 현실의 충돌을 그립니다. 다층적인 서사 구조를 갖춘 최초의 근대 소설로 칭송받습니다.

라 퐁텐 우화집 (장 드 라 퐁텐)

이솝 우화를 바탕으로 하지만 프랑스 특유의 재치와 날카로운 풍자를 가미했습니다. 동물의 입을 빌려 인간 사회의 위선, 권력의 속성, 소시민의 생존 본능을 매끄러운 시 형식으로 풀어냈습니다.

로빈슨 크루소 (대니얼 디포)

무인도에 고립된 인간이 도구를 제작하고 환경을 개척하며 생존하는 과정을 그립니다. 근대적 노동의 가치와 고립된 자아가 어떻게 세계를 재구축하는지를 보여주는 최초의 근대 소설 중 하나입니다.

르네상스 미술가 평전 (조르조 바사리)

르네상스 시대를 빛낸 예술가들의 삶과 작품을 기록했습니다. 단순한 나열을 넘어 예술의 진보 과정을 서술함으로써 현대 미술사의 기초를 닦았습니다.

리바이어던 (토머스 홉스)

"만인의 투쟁" 상태인 자연 상태를 벗어나기 위해 절대 주권(국가)에게 권리를 양도해야 한다는 사회계약론을 주장했습니다. 근대 정치철학의 초석을 다진 저작입니다.

마담 보바리 (귀스타브 플로베르)

시골 생활의 권태를 견디지 못해 화려한 낭만을 꿈꾸다 파멸하는 에마 보바리의 삶을 그립니다. 완벽한 문체와 객관적인 묘사로 리얼리즘 소설의 교과서가 되었습니다.

맥베스 (윌리엄 셰익스피어)

야망과 권력욕에 눈이 멀어 왕을 살해한 맥베스가 겪는 심리적 공포와 죄책감, 그리고 허무한 파멸을 그린 셰익스피어 4대 비극 중 하나로, 인간 영혼의 어두운 심연을 보여줍니다.

몰 플랜더스 (대니얼 디포)

거친 사회에서 살아남기 위해 범죄와 결혼을 수단으로 사용하며 분투하는 한 여인의 파란만장한 일대기입니다. 도덕적 잣대보다는 생존을 향한 끈질긴 욕망에 초점을 맞춘 리얼리즘의 선구작입니다.

사중주 네 편 (T.S. 엘리엇)

시간과 기억, 영원, 그리고 신과의 합일을 시적으로 명상한 작품입니다. 전쟁의 폐허 속에서 인간 구원의 가능성을 탐구하며 20세기 현대시의 형이상학적 깊이를 더했습니다.

사티리콘 (페트로니우스)

고대 로마의 방탕하고 타락한 사회상을 적나라하게 묘사한 풍자 소설입니다. 허영에 가득 찬 부자들의 연회 등을 통해 인간 군상의 속물 근성을 날카롭게 조롱합니다.

섀도우라인 (조지프 콘래드)

청년 선장이 처음으로 지휘권을 맡아 겪는 시련을 통해, 소년기의 무책임함을 벗어나 성인의 세계로 진입하는 경계선(그림자 지대)을 묘사한 자전적 성격의 소설입니다.

수상록 (몽테뉴)

"나는 무엇을 아는가?"라는 질문을 던지며, 자신에 대한 솔직한 관찰을 통해 보편적인 인간 본질을 탐구합니다. 단편적이고 자유로운 서술 방식인 '에세이'라는 장르를 탄생시켰습니다.

신곡 (단테 알리기에리)

단테가 지옥, 연옥, 천국을 여행하며 인간의 죄와 구원, 신적 정의를 탐구한 서사시입니다. 중세 신학을 시적 상상력으로 집대성한 서구 문학 최대의 성취 중 하나입니다.

실락원 (존 밀턴)

아담과 하와의 타락과 에덴동산에서의 추방을 다룬 장엄한 서사시입니다. 사탄의 반역과 인간의 자유의지, 신의 섭리를 장엄한 문체로 노래하며 서구 기독교 문학의 정점을 보여줍니다.

싯다르타 (헤르만 헤세)

부처와 동명인 청년 싯다르타가 고행과 세속의 쾌락을 모두 경험한 뒤, 스스로의 체험을 통해 강물의 흐름 속에서 만물 일체의 깨달음을 얻어가는 과정을 그린 아름다운 구도 소설입니다.

아버지와 아들 (이반 투르게네프)

전통을 중시하는 아버지 세대와 모든 가치를 부정하는 허무주의(니힐리즘) 세대 아들의 갈등을 그립니다. 러시아 변혁기의 사상적 혼란을 집약한 작품입니다.

아서 왕과 원탁의 기사들

성검 엑스칼리버, 성배 탐색 등 중세 기사도의 이상과 사랑, 배신을 다룬 영웅 서사입니다. 유럽 문화와 기사도 정신 형성에 지대한 영향을 주었습니다.

아시아의 오지 (오렐 스타인)

중앙아시아 실크로드 탐험의 기록입니다. 둔황 유물 발견 등 고고학적 성과와 함께 지리적·인문적 환경을 상세히 기록한 탐험 문학의 보고입니다.

악령 (표도르 도스토옙스키)

혁명이라는 명분 아래 살인을 저지르는 허무주의자들을 통해, 신 없는 인간이 어디까지 타락할 수 있는지 경고했습니다. 현대의 전체주의와 테러리즘을 예견한 예언적 소설입니다.

악마의 묘약 (E.T.A. 호프만)

유혹에 빠진 수도사가 겪는 기괴한 사건들과 도플갱어 현상을 다룹

니다. 인간 내면의 이중성과 무의식의 어둠을 다룬 고딕 호러 소설의
고전입니다.

악의 꽃 (샤를 보들레르)

도시의 우울, 권태, 퇴폐 속에서 비관적인 아름다움을 찾아낸 현대
시의 혁명입니다. 전통적인 미의 기준을 파괴하고 현대 도시인의 고립
된 심연을 노래하며 상징주의의 문을 열었습니다.

안나 카레리나 (레프 톨스토이)

불륜이라는 파격적 소재를 통해 사랑, 가정, 종교, 죽음 등 인생의 거
대한 질문들을 탐구합니다. "행복한 가정은 서로 닮았지만, 불행한 가
정은 제각각의 이유로 불행하다"는 명언으로 시작됩니다.

안티 오이디푸스 (들뢰즈·가타리)

정신분석학이 가족 관계 안에 가두어버린 '욕망'을 사회적·정치적 차
원으로 해방시키려 합니다. 인간을 '욕망하는 기계'로 재정의하며 현대
철학의 흐름을 바꾼 혁명적 저작입니다.

어느 영국인 아편쟁이의 고백 (토머스 드 퀸시)

아편 탐닉으로 인한 환각과 그로 인해 겪는 공포스러운 악몽을 탐미
적이고 화려한 문체로 서술했습니다. 약물 체험을 문학적 승화로 연결
한 독특한 자전적 산문입니다.

어둠의 심장 (조지프 콘래드)

벨기에령 콩고를 배경으로 상아 채취를 위해 떠난 여행을 통해 제국
주의의 잔혹함과 인간 문명 속에 숨겨진 원시적 야만성, 즉 '마음 속의
어둠'을 깊이 있게 파헤친 심리적 걸작입니다.

업둥이 톰 존스 이야기 (헨리 필딩)

출생의 비밀을 가진 활달한 청년 톰 존스의 모험과 사랑을 다룹니다. 18세기 영국 사회의 풍속을 광범위하게 담아내며 소설의 구조적 완결성과 서사 기법을 한 단계 높였습니다.

오블로모프 (이반 곤차로프)

침대 밖으로 나오기조차 귀찮아하는 귀족 오블로모프를 통해, 구체제의 몰락과 러시아 사회의 무기력함(오블로모프 현상)을 상징적으로 묘사했습니다.

율리시스 (제임스 조이스)

더블린의 하루를 배경으로 현대판 오디세우스를 그려냅니다. 의식의 흐름 기법과 방대한 지식을 동원하여 평범한 인간의 내면을 우주적 규모로 확장시킨 20세기 최고의 실험작입니다.

유가사지론

수행자가 깨달음에 이르는 17가지 단계를 상세히 분석한 불교 유식학의 백과사전입니다. 마음의 본질에 대한 깊이 있는 분석을 제공합니다.

의상철학 (토머스 칼라일)

"세상의 모든 제도와 신앙은 인간이 입은 옷에 불과하다"는 철학적 가설을 바탕으로, 낡은 가치관을 벗어던지고 새로운 정신적 가치를 찾아야 한다고 역설하는 독창적인 저술입니다.

이상한 나라의 앨리스 (루이스 캐럴)

소녀 앨리스가 토끼굴을 통해 들어간 환상적인 세계에서의 모험을 다룹니다. 기존의 도덕주의적 아동 문학에서 벗어나 언어유희와 수학적 논리, 역설이 가득한 현대 판타지의 시초입니다.

자발적 복종 (라 보에티)

민중이 왜 소수의 독재자에게 스스로 굴복하는가에 대한 정치철학적 분석입니다. 권력이 강해서가 아니라 피지배자가 복종하기로 선택했기 때문이라는 통찰을 담은 자유주의의 선구적 텍스트입니다.

적과 흑 (스탕달)

나폴레옹 시대 이후, 신분 상승을 꿈꾸며 군대(적)와 성직(흑) 사이에서 갈등하는 청년 줄리앙 소렐의 야망과 파멸을 다룹니다. 계급 사회의 모순과 인간 심리의 미세한 떨림을 포착했습니다.

전쟁과 평화 (레프 톨스토이)

나폴레옹 전쟁이라는 거대 역사 속에 던져진 개인들의 운명과 철학적 성찰을 담았습니다. 전쟁터의 혼란과 일상을 교차시키며 역사를 움직이는 민중의 삶을 조망합니다.

젊은 베르테르의 슬픔 (괴테)

약혼자가 있는 로테를 향한 순수하고도 치명적인 사랑과 자살을 다룹니다. 전 유럽에 '베르테르 효과'를 일으킨 이 작품은 질풍노도 시대의 감수성을 대표하는 명작입니다.

죄와 벌 (표도르 도스토옙스키)

"선택된 인간은 공익을 위해 범죄를 저질러도 되는가"라는 오만한 가설로 살인을 저지른 청년의 심리적 지옥을 다룹니다. 결국 고통을 통한 정화와 사랑을 통한 구원을 노래합니다.

죽은 혼 (니콜라이 고골)

이미 죽은 농노를 서류상으로 사들여 부를 과시하려는 치치코프의 행각을 통해, 당시 러시아 관료 사회의 부패와 속물성을 유머러스하고 기괴한 필치로 비판했습니다.

차일드 해럴드의 순례 (조지 고든 바이런)

우울과 환멸에 빠진 청년 해럴드가 유럽 각지를 여행하며 겪는 고독과 성찰을 담은 장편 시입니다. 고독하고 반항적인 '바이런적 영웅'의 원형을 제시했습니다.

천일야화

세에라자드가 죽음의 위기 속에서 들려주는 1001일 밤의 이야기입니다. 이야기의 힘이 어떻게 생명을 구하고 운명을 바꾸는지를 보여주는 풍성한 설화집입니다.

캉디드 혹은 낙관주의 (볼테르)

온갖 불행을 겪는 캉디드를 통해 "우리는 최선의 세계에 살고 있다"는 당대의 낙관론을 조롱합니다. 부조리한 세상에서 헛된 희망 대신 현실적인 '우리의 정원'을 가꿔야 함을 강조합니다.

캔터베리 이야기 (제프리 초서)

성지 순례를 떠난 다양한 계층의 사람들이 나누는 이야기 모음집입니다. 당시 영국 사회의 위선과 본능적인 삶을 생생하고 해학적인 필치로 그려내어 영국 문학의 기틀을 마련했습니다.

트리스탄 (슈트라스부르크)

실수로 마신 사랑의 묘약 때문에 죽음조차 갈라놓지 못하는 치명적 사랑에 빠진 두 남녀의 전설을 다룹니다. 서구 문학에서 금지된 열정과 죽음을 넘어서는 비극적 사랑의 원형을 확립했습니다.

트리스트럼 샌디 (로런스 스턴)

주인공이 자신의 출생부터 이야기하려 하지만 끊임없이 옆길로 새는 독특한 구성을 취합니다. 선형적인 시간 구성을 파괴하고 인간의 변덕스러운 의식을 따라가는 실험적이고 유머러스한 걸작입니다.

티마이오스 (플라톤)

우주의 기원과 구조를 수학적 질서와 이성적 설계로 설명한 자연철학서입니다. 조물주가 이데아를 본떠 세상을 창조했다는 가설을 담고 있습니다.

파르마의 수도원 (스탕달)

이탈리아 소국의 정치를 배경으로, 열정적인 사랑과 자유로운 영혼의 소유자 파브리스의 파란만장한 삶을 그립니다. 워털루 전쟁의 혼란과 궁정의 음모 속에서 피어나는 낭만적 열정을 묘사합니다.

파우스트 (괴테)

지식의 한계를 느낀 노학자 파우스트가 악마 메피스토펠레스와 영혼을 건 계약을 맺습니다. 끊임없는 노력과 방황을 통해 인간이 어떻게 구원에 이르는지를 보여주는 독일 문학의 최고봉입니다.

피네간의 경야 (제임스 조이스)

언어를 완전히 해체하고 재조합하여 '밤과 꿈의 논리'를 구현하려 한 조이스의 마지막 대작입니다. 수십 개의 언어가 뒤섞인 난해한 텍스트를 통해 인류 역사의 순환을 노래합니다.

향연 (플라톤)

'에로스(사랑)'의 본질에 대해 철학자들이 나누는 지적 토론입니다. 육체적 사랑에서 절대적인 미美에 대한 갈망으로 상승하는 철학적 사랑의 의미를 다룹니다.

허영의 시장 (윌리엄 새커리)

상류 사회로 진입하려는 베키 샤프의 분투를 통해 영국 사회의 속물성과 허영심을 해학적으로 파헤칩니다. "영웅 없는 소설"이라는 부제처럼 인간의 세속적 욕망을 냉철하게 관찰합니다.

황금가지 (제임스 프레이저)

전 세계의 신화와 마술, 종교 의식을 분석하여 인류 사고의 뿌리를 추적한 인류학의 고전입니다. 상징과 의례가 인간 심리에 미치는 영향을 방대하게 수집했습니다.

일러두기

1. 국내에 번역되지 않은 도서에는 원어명을 병기했습니다.

2. 영화, 노래, 시, 그림 등의 제목은 원어를 소리 나는 대로 표기하고 원어를 병
   기했습니다. 다만, 그 의미가 중요한 경우에는 우리말로 옮겨 표기했습니다.

아이얀에게,

2030년이면 네가 열다섯 살이구나.

오, 하느님이 아브라함에게 이르기를, "아들을 제물로 바치거라."

이에 아브라함이 되물으니, "이런, 지금 농담하십니까?"

하느님, "농담 같은 소리."

아브라함, "맙소사."

이에 하느님이 경고하도다. "네 원대로 하거라, 에이브, 다만 다음에 나를 보면 달아나는 게 신상에 좋으리로다."

이에, 아브라함이 묻기를, "에, 어디에서 죽일까요?"

하느님 가라사대, "저기 61번 고속도로."

—밥 딜런, 〈다시 찾은 61번 고속도로Highway 61 Revisited〉

2015년, 5월 11일. 처음 본 순간 너는 그저 작은 별자리였다. 식별이 어려운 형체가 초음파검사 화면에서 꿈틀대고 있었지. 검은 바탕에 연회색, 모호한 실루엣, 펄떡거리는 리듬. 심장박동. 네 아빠가 그러더구나. "테크노 리듬 같아요." 그렇게 넌 "테크노 가이"가 되었지. 양수 안에서 어떤 파티를 벌였단 말이더냐. 리듬에 취한 채 헤엄치다 웅장한 베이스 헤드폰 안으로 잠수했을까? 바르셀로나의 어느 의료원, 넌 엄마의 자궁에서 그렇게 원시의 리듬으로 존재했단다. 그래서 우리도 그곳 바르셀로나의 어느 의료원 무균실에서 몽상에 빠지고 말았지. 네 밀림의 북소리를 들으면서.

사업가가 되어 만다린어로 신세 한탄을 하기 전, 나 역시 자궁 속에 있었지. 비행기라는 이름의 자궁. 난 비행기를 자주 탔어. 아시아-유럽 왕복선. 어둡고 슬픈 밤하늘을 가로지르는. 영화 〈명탐정 필립The Big Sleep〉도 다시 보았지. 보기와 베이콜, 흑백과 회색 음영으로 그린 세속적 영화의 두 거장. "삶은 총천연색이지만 흑백이 훨씬 현실적이다." 샘 풀러. 고다르의 〈미치광이 피에로Pierrot Le Fou〉에서 나온 말이지. 그 영화를 처음 보면 묵직한 느낌이 올 게다. 베이콜이 보기한테 이렇게 물어. "당신, 게임 좋아하지, 응?" 오 맙소사, 삶은 게임이 될 수 없단다.

내 삶을 커피 스푼으로 덜어낸 적은 없구나.[1] 말은 된다만 대부분 록이나 공항 라운지로 삶을 소비했지. 1980년대 초반에 이미, 미래에 그런 곳들이 비슷비슷해지리라는 사실을 알았어. 공항 라운지, 쇼핑몰, 병원, 교도소 들 말이야. 그리

1   T. S. 엘리엇의 〈프루프록의 연가The Love Song of J. Alfred Prufrock〉에는 "I have measured out my life with coffee spoons"로 되어 있다. 삶의 무상함을 뜻하므로 여기에선 "세상을 무의미하게 살지 않았다" 정도의 뜻이 된다.

고 난 삶을 침묵으로 덜어냈지. 깊은 밤. 백야 또 백야.

침묵을 즐기려무나. 지금 너처럼. 나도 가능하면 좋으련만.

이렇게 오래 살 줄은 정말 몰랐다. 너도 알게 되겠지만, 난 그저 "젊은 나이에 죽되 미모를 간직해 아름다운 시체를 남기자"[2]는 세대에서 비롯한 세포 덩어리에 지나지 않아. 하지만 우리 세대는 일부를 제외하면 오래오래 살아남아 분노의 소리 깊숙이 들어갔지. 아무 의미도 없는.[3] 다만, 어느 날 "육신의 붕괴, 서서히 썩어가는 피, 성미 급한 섬망, 따분한 노망, 또는 그 이상의 악마"[4]가 찾아와 복수하리라는 사실은 잘 알고 있단다. "어느 날 우리도 죽음을 만나리." 블라인드 윌리 맥텔. 블루스는 절대 거짓말을 하지 않아.

여하튼, 내 경우에는 저승사자가 임무를 잊은 듯하구나. 지구 반대편으로의 혹독하고도 사악한 편도 여행 때였을까? 아니면 밴을 타고 잘랄라바드로 향할 때 아슬아슬하게

2   존 데릭과 험프리 보거트 주연의 〈노크 온 애니 도어Knock on Any Door〉(1949)에
     서 나온 문구. 여기에선 제임스 딘 세대를 뜻한다.

3   각주 8 참조.

4   W. B. 예이츠의 시 〈탑The Tower〉에 나오는 구절.

빗맞은 알카에다 미사일? 어쩌면 바그다드의 알사돈 거리에서 15초쯤 미리 터져버린 차량 폭탄이었을지도 모르겠구나. 아니면 심장이(어둠의 심장[5]은 아니란다) 게임에서 손을 떼고 싶을 수도 있었겠지. 그런데 대신 운명의 축복 덕에 이렇게 네 탄생을 보는구나.

그래서 너를 기리며 수없이 기억과 욕망의 마티니를 마신다. 그리하여 네 영혼에 새겨질 것들, 소위 인간의 삶을 지칭하는 저 괴팍스러운 개념들, 바로 "고독, 가난, 혐오, 야만, 단명"[6]을 축원하마. 그러니 네 본유의 보완 특성들, 즉 사랑하는 여인의 미소, 마고 와인 한 병, 절친들과의 플라토닉한 향연, 브르타뉴? 뉴멕시코? 파타고니아? 발리? … 그곳이 어디든 더없이 아름다운 석양 등등, 그 모든 것을 소중히 품으려무나. 자, "내가… 큰 잠에 빠지기 전/ 듣고 싶구나… 듣고 싶구나… 나비의 비명을."[7] 나비가 내게 이르노니, 지금, 여기가 2030년이면 네가 이 편지를 펼치고 있겠

---

5   《어둠의 심장》, 조지프 콘래드의 중편소설. 인간의 마음 깊은 곳의 악마성을 폭로하는 내용이며, 영화 〈지옥의 묵시록Apocalypse Now〉의 원전이다.

6   홉스가 《리바이어던》(1660)에서 한 말. 홉스는 인간의 삶을 부정적으로 보았다.

7   도어스의 노래 〈음악이 끝날 때When the Music's Over〉의 가사.

지. 난 오래전에 떠났을 테고. 창공의 자궁에서 양수의 자궁까지 삶과 사랑… 삶의 추구를 위해 건배.

삶이라. 그 얘기는 셰익스피어가 해줄 게다. 슬픈 이야기. 바보가 들려주는. 소리와 분노로 가득하지만 아무 의미도 없는.[8] 하지만 저 야생딸기는 또 뭘까? 그건 또 다른 영화란다. 베르히만.[9] 결국 우리가 가져가는 건 야생딸기들이지.

자, 여기 어느 멍청이가 쓴 이야기가 있다. 글쎄, 조금은 의미가 있을까? 《이상한 나라의 앨리스》에서 화이트 퀸이 "아침 식사 이전에 불가능한 일 여섯 가지"를 믿을 수 있다고 장담하지. 아무래도 너더러 잘 믿는 사람이 되라는 얘기는 못 하겠구나. 그 어떤 것도. 다만 측면의? 평행의? 은밀한? 욕망 한 바구니 정도는 열어 보여주마. 아름다움… 그리고 경이를 향한 감각을 일깨우기 위하여. 숲The Forest을 보호하는 붉은 장막 뒤로 너를 데려가기 위하여. 책The Book을 읽는 몇 개의 열쇠를 건네주기 위하여.

---

8   "Full of sound and fury. Signifying nothing"은 셰익스피어의 희곡 《맥베스》에 나온 대사다. 1929년 윌리엄 포크너가 이 대사를 기반으로 소설 《고함과 분노》를 썼다.

9   스웨덴 감독 잉그마르 베르히만이 1957년 극영화 〈야생딸기Wildstrawberries〉의 대본을 쓰고 영화로 만들었다.

네 아빠가 전문 잠수부니 자연… 그리고 바다에 대해 뭐든 알려줄 거야. 아빠는 "어쩌면 한 쌍의 헤진 발톱이 되어 침묵의 바다 바닥을 허겁지겁 달아났을 수도 있었단다."[10] 그래, 너도 알게 되겠지만, 아빠는 잔지바르에서 술라웨시까지 경험이 엄청나. 야생마? 아빠한텐 아무것도 아니야. 세렝게티의 사자들? 우습지. 아빠는 자연이 45억 년의 연구개발 끝에 일구어낸 위대한 업적을 보여줄 거야.

자연에도 스타일이 있단다. 기막힌 스타일이지. 세상을 일종의 예술작품으로 이해해도 좋다. 아주 독특한 스타일로 만들어진 예술 말이야. 심지어 극치의 조화로 볼 수도 있단다. 자연이 균형을 활용해 세상을 구축했다는 (현대적인) 생각은 고대 그리스 시대에 이미 나왔어.

그 생각은 물리학과 수학에서도 쓰이고 있지. 어느 멋진 과학자의 소위 "변화 없는 변화change without change"라는 개념인데 매우 불교적인 내용이란다. "변화 없는 변화"의 균형에서 물리학 법칙을 이끌어내기도 하지. 적어도 그 법칙들

10　T. S. 엘리엇의 〈프루프록의 연가〉에 나오는 구절로 이 시는 삶의 무의미함을 노래했다.

을 설명할 방정식을 얻을 수는 있어. 상대성 이론을 봐도 알 수 있잖아. 우리가 달리는 기차 안(또는 창공의 자궁)에서 세상을 보면 사물이 달라 보일 거야. 물리학 법칙도 마찬가지란다. 저 완전 방정식들을 보렴. 무수한 변화를 겪으면서도 결과는 언제나 불변이잖니? 바로 방정식들 사이의 원들이 그래. 그리고 그 불변의 원들이 실제로 세상을 움직인단다.

예술과 과학도 두뇌의 동일 영역을 건드리지. 우리 작은 뇌는 짜릿한 매력을 만들어왔어. 즉, 우리가 아름다움에 공명하도록 해준 거야. "아름다운 것은 영원한 기쁨이다." 키츠. 믿기지 않으면 키츠를 읽거라. 내 서재에 시선집이 있어. 첫 번째 계시… 머지않아 네 서재가 된단다. 신탁기금이나 최고급 승용차를 물려줄 생각은 없어. (쌈박한 흑색의 알파로메오 정도는 물려주마.) 그래, 책은 얼마든지 가지거라.

역사를 통해 다양한 사회를 위하여, 글과 단어the Word가, 마술, 즉 신비롭고 성스러운 예술작품들을 구현했다는 사실을 알게 될 거야. 애초에 글쓰기와 이름 짓기는 영혼이 자연을 구현하는 마법이란다. 쓰기는 신들의 선물로 여겼지. 사제the Priest만이 글쓰기 훈련을 할 수 있었으니까. 젊은 사람이 쓰기에 도전하기로 했다면 그야말로 기적이었어. 글쓰기는 매우 폐쇄적인 영역으로 신들의 보호 밑에 있었으니까. 극도로 계급적인 문화가 있다고 생각해 보렴. 그 문화의 문맹인들 사이에서 글쓰기의 비밀을 깨닫는 거야. 그야말로 마법이었지. 흑마법이자 백마법.

읽기 기술은 곧 삶의 기술이야. 책의 바다에서 익사하기를 바라는 건 아니다만, 책 속에서 살아낼 수 있다면 그 파도를 타는 방법도 찾아낼 수 있을 거야. 삶이 영혼과 반대가 아니라면(여전히 가정법을 강조한다만), 언제나 대가들Masters 그리고 대가들이 삶을 통해 진화해 온 방식에 의지할 수 있어. 보르헤스의 단편에 나오는 캐릭터처럼(보르헤스! 그 양반은 말 그대로 회색 정장 차림을 한 남미의 맹인 부처란다!) 네가 영겁의 순례자가 되어 그들의 사원과 무수한 법당을 순례했으면 좋겠다. 미로와 동굴과 바다를 탐구하면서 말이야. "세상 만물은 결국 책에 담기기 위해 존재한다." 말라르메. 보르헤스는 더 나아가, 우리 모두가 마법서의 시나 산문과 같다고 얘기했지. "이 가없는 책만이 오로지 세상에 존재한다. 그 책이 곧 세상이다."

지금쯤은 헤르만 헤세의 《싯다르타》를 읽었겠지? 나도 그 나이쯤 읽었으니까. 그는 이상적인 서재에 대해 해박한

글을 썼단다. 보르헤스가 생각한 '바벨의 도서관Biblioteca de Babel'만큼 무한하지는 않아. "우주(다시 말해서 도서관)… 도서관의 사람들처럼 젊은 내가 여행을 했네…. 책, 어쩌면 카탈로그의 카탈로그를 찾기 위한 순례의 여행." 화자의 주장에 따르면 도서관은 끝이 없어. 무한하다는 얘기지. 하지만 동시에 유한하기도 하구나. 만일 영원의 여행자가 있어 도서관을 가로지른다면, 몇백 년이 지나야 "동일한 책은 항상 동일한 무질서로 반복한다. 그리고 반복을 통해 질서로 전환한다"라는 사실을 알게 될 거야. 보르헤스는 그것을 "우아한 희망elegant hope"이라고 불렀지. 언젠가 친구와 함께 부에노스아이레스에 있는 보르헤스의 아파트를 방문했을 때(아마도 그가 황혼기에 들기 전 마지막 인터뷰였을 텐데, 소파에 누워서는 블레이크와 아이슬란드 현자들의 구절을 암송하면서 문학적 몽상에 빠져들더구나.) 우리가 느낀 것은, 거실 서재의 그 보배로운 보물들이 물량과는 무관하다는 사실이었어. 거기에 질서the Order가 있다면 주제가 모두 편집 관련 내용이었단다.

헤세, 그리고 보르헤스에서 실마리를 찾는다면, 네게 이상적인 서재의 기본 구성이 나올 거야. 내 서재, 아니 네 서재에서 그 구상을 찾을 수도 있겠지. 보르헤스는 또한 관념적인Platonic 작업이 아버지한테서 아들에게 전해진다고 믿었어. 그래서 신세대가 장을 더하거나 상속인의 기록을 조심스럽게 수정하게 되지. 자, 여기 네가 물려받은 서재가 있다. 얼마든지 만트라처럼 암송하려무나.

우파니샤드. 불경(산스크리트를 영어로 멋지게 번역한 책을 캘커타에서 사 왔는데 잘 찾아보렴). 《길가메시》(바빌로니아의 서사시). 공자의《논어》. 노자의 도, 장자의 저술집. 중국 고전시가. 모두 그곳에 있어. 신성한 인물을 통한 자연신교도, 신이 상징이라는 느낌도 모두 그곳에 있지. 삶에서의 기쁨과 고통이 대부분 인간의 행동에서 비롯한다는 개념도 깨닫게 될 게다.

이제 어느 정도 나이가 들면 셰에라자드의 도움으로《천일야화》를 여행하겠구나. 페르시아. 하페즈와 우마르 하이얌. 아이스킬로스와 소포클레스, 에우리피데스. 플루타르크, 루치아노. 호라티우스, 베르길리우스, 오비디우스, 타키투스… 수에토니우스. 그리고 네로 치하에서 쓴 페트로니우스의 《사티리콘》, 단테의 《신곡》, 보카치오의 《데카메론》, 미켈란젤로의 시들, 바사리가 쓴 르네상스 천재들의 《르네상스 미술가 평전》, 첼리니의 자서전.

《아서 왕과 원탁의 기사들》. 고트프리트 폰 슈트라스부르크의 《트리스탄》, 볼프람의 시들, 라블레의 《가르강튀아·팡타그뤼엘》, 라 퐁텐의 《라 퐁텐 우화집》, 몰리에르의 희곡, 볼테르의 《캉디드 혹은 낙관주의》, 루소의 《고백록》, 몽테뉴의 《수상록》, 스탕달의 작품은 모두 걸작이지만 특히 《적과 흑》과 《파르마의 수도원》. 보들레르의 《악의 꽃》, 발자크도 매우 좋아. 플로베르, 특히 《감정 교육》에서 《마담 보바리》까지는 꼭 읽어보렴. 베를렌의 시들, 그리고 무엇보다 〈취한 배Le Bateau ivre〉에서 〈지옥에서 보낸 한 철Une saison en enfer〉까지 이어지는 랭보를 찾아보거라.

초서의 《캔터베리 이야기》, 밀턴의 《실락원》, 스위프트의 작품 모두. 디포의 《로빈슨 크루소》와 《몰 플랜더스Moll Flanders》. 필딩의 《업둥이 톰 존스 이야기》, 스턴의 《신사 트리스트럼 샌디의 인생과 생각 이야기》, 키츠와 셸리의 작품 모두. 바이런의 《차일드 해럴드의 순례》. 드 퀸시의 《어느 영국인 아편쟁이의 고백》, 칼라일의 《의상철학》. 새커리의 《허영의 시장》, 디킨스, 스윈번의 시. 오스카 와일드의 《도리언 그레이의 초상》, 포의 작품 모두, 휘트먼의 걸작들.

《돈키호테》. 스칼덴 에이일 같은 아이슬란드 현인들. 앤

더슨의 이야기. 입센의 대부분. 고골의 《죽은 혼》, 곤차로프의 《오블로모프》. 투르게네프의 《아버지와 아들》. 톨스토이의 《안나 카레니나》와 《전쟁과 평화》. 도스토옙스키도 최대한 많이 읽되 《죄와 벌》부터 시작해 《악령》도 파보렴.

괴테는 《젊은 베르테르의 슬픔》에서 《파우스트》까지 읽어봐. 실러의 역사적이고 미적인 텍스트들, 횔덜린의 걸작들, 노발리스 선집, 클라이스트 전집. E. T. A. 호프만의 《악마의 묘약》. 하이네의 산문 그리고 당대의 천재 니체도 조금씩 챙겨보려무나.

그러다 보면 언젠가 맘에 쏙 드는 작가와 작품을 만날 거야. 온 우주를 담은 책들, 영혼을 사로잡고도 세월이 흐를수록 점점 더 커가는 책들이지. 바티유, 로트레아몽, 카프카, 사드, 셀린, 카뮈, 게오르크 트라클, 레비스트로스, 제임스 프레이저의 《황금가지》, 쇼펜하우어, 피츠제럴드, 헤밍웨이, 긴즈버그, 오든, 시오랑, 미쇼, 비예르 드 릴, 슈보드, 카를 크라우스, 무질, 로베르토 알트, 콘라드의 전작, 그리고 마법의 4인방, 예이츠, 엘리엇, 파운드, 조이스가 있지.

에에. 그 모두를 읽을 때쯤엔 너도 대~단한 인물이 되겠구나. 그리고 네 가족의 전설을 시작했겠지? 할머니가 네 아빠를 밴 채 이탈리아 순회 여행을 떠난 후(할머니는 그때 팔라디오의 유명한 궁전인, 라 로톤다처럼 보였어!), 난 말 그대로 조이스의 《율리시스》 열여덟 챕터를 걸어서 더블린으로 탈출했단다. 그리고 당시의 철의 장막을 건너갔다가 다시 끌려 나와 고물차 콤비에(그 차는 스타 사진사인 증조할머니 소유였어) 할머니를 태우고 롤링스톤스의 〈새티스팩션(I can't get no) satisfaction〉[11]을 부르면서 병원으로 달려야 했지. 병원에 도착하자마자 네 아빠가 태어났다만 그건 또 다른 이야기 타래riverrun[12]겠지.

더블린에서 《율리시스》를 거슬러 오르며, 실제로 한 인간의 영혼이 어떻게 만인을 대변하는지, 어떻게 디덜러스의 영혼이 아직 태어나지 않은 아들의 영혼을 대변하는지 느낄 수 있었단다. 조이스가 《피네간의 경야》에서 그렇게 말했지. "개인의 영혼이 만인의 영혼에 담겨 있다."

아무튼, 서재를 항해하다 보면 콘래드의 《섀도우라인The

---

11   롤링스톤스가 1965년 발표한 싱글이자 그들의 대표곡.

12   조이스가 《피네간의 경야》에서 사용한 첫 단어. 마지막 단어가 "the"로 끝나면서 무한히 반복되는 삶의 순환구조를 뜻한다.

Shadow Line》제사epigraph에서 보들레르의 시를 만날 게다. 바다(소설의 거울이라 할 수 있지)는 인간의 애정을 투사하기 위한 무한한 공간이야. 그러니 콜리지의 《노수부의 노래》에서처럼, "물, 어디에나 물"로서의 문학에 건배! 삶으로서 그리고 천구天球의 음악으로서도 문학에 건배!

악기를 묘사하는 방정식은 원자가 어떻게 활동하는지 보여주는 방정식과 동일하단다. 물론 원자 내부에서 진동하는 물질이 피아노보다 추상적이긴 하지. 물질은 특정한 원자가 즐겨 발산하는(또는 흡수하는) 빛의 색으로 춤을 춰. 여기에 고대 그리스인들의 첫 번째 위대한 통찰력이 있지. 피타고라스는 지구의 움직임을 천구의 음악으로 설명했단다. 자연으로 돌아가 볼까? 그럼 원자는 이렇게 볼 수 있지. 천구의 완벽한 음악을 보여주는 악기.

몽크와 콜트레인[13]의 재즈처럼 이질적인 동시에 조화로운 음악.

---

13 델로니우스 몽크Thelonious Monk와 존 콜트레인John Coltrane, 둘은 1957년 카네기홀에서 역사적인 공연을 하였다.

문명의 생명력이 도대체 뭘까? 천재. 심지어 역사적으로 천재와 천재를 연계하는 공식도 있어. "시간의 어두운 간극을 통해 자신의 형제를 부르는 거인들." 누가 한 말이냐고? 셸리 같은 영국 낭만파 시인? 아니. 불교에 영향받은 독일 철학자. 니체의 지적 모델인 쇼펜하우어.

네게 전해줄 이야기들이 아주아주 많았을 거야. 얼마든지. 왜 이런 얘기들을 하느냐고? 그것도 지금? 그럼 어때? 그래, 모두 편집에 관한 이야기란다. 그리고 계속 계속 계속 가지 않는 데 대한 이야기이기도 하고. 셰에라자드처럼. 리버런. 강물의 흐름을 지켜보렴.

여기 우리 첫 번째 얘기가 있다. "우리" 세계, 이른바 서구 문명의 소사小史를 더 압축해야 한다면 그 시작은 그리스 저잣거리가 될 거야. 너도 바르셀로나에서 태어날 테니 너도 곧 그 일원이 되겠구나. 그곳이 카탈루냐이니, 스페인이 아니라 유럽연합의 시민이지. 이런 생각은 미국 엘리트들이 산파역을 했는데, 지금은 오, 그만 실존적 위기에 빠지고 말았구나.

대단한 무리 아니더냐! 쾌락주의자, 금욕주의자, 냉소주의자, 회의론자. 쾌락주의에 따르면, 우린 한 줌의 원자에 불과해. 천구의 (미완성?) 곡을 보여주는 악기들 말이다. 닥치는 대로 생을 떠돌다가 끝나는 거야. 죽음은 망각이지. 애초에 우리가 시작한 바로 그곳. "마지막에 내 시작이 있나니."[14] 중요한 것은 순간을 위해 사는 것뿐이란다.

에피쿠로스는 당대의 초인들을 향해 선전포고했을 뿐이야. 아리스토텔레스의 리시움(우주는 불후도, 무한도 않는다!)과 플라톤의 아카데미아(이성을 잃고 일제히 쾌락주의를 향해!)를 상대로 말이야. 그러니 네가 혹하지는 않을 것 같구나. 소크라테스와 플라톤은 기겁하며 움찔했겠지만.

근본적으로 우리 신은 아무 관심이 없어. 공허한 하늘에서는 틴토레토의 그림처럼 멋들어진 천사들이 하강하지도 않고 이 아래 세상은 덧도, 의미도 없기만 하구나. 우리한테는 셰익스피어, 그리고 수 세기 전의 음유시인들이 있었지. 소리와 분노로 가득한 난장판, 아무것도 의미하지 못하는.

14   1940년 T. S 엘리엇이 《사중주 네 편》의 〈이스트 코커East Coker〉에서 처음 사용한
      것으로 알려졌다.

〈수태고지〉, 야코포 틴토레토(1518~1594)

그때 안티스테네스라는 친구가 있었지. 아테네 시민과 트리키에 노비의 아들이었는데, 이 양반, 소유를 모두 거부하고 키노사르게스라는 체육관에서 아테네 천민들을 가르쳤어. 인기가 대단했지. 하지만 진짜는 제자인 디오게네스였단다. 그의 냉소주의가 핵심이 되어 그리스와 로마가 세상을 바라보는 비전을 만들었거든.

최초의 노숙인 철학자 디오게네스는(물론 무료 급식소도 실업 연금도 없을 때였어) 진실로 자유로워지려면 아무것도 소유하지 않아야 한다고 믿었어. 그가 아테네의 어느 사원 밖 커다란 항아리에서 지내며 거리에서 동냥했다는 사실은 너도 알게 될 거야. 홍보 기술? 슈퍼스타가 따로 없었지. 호롱불을 들고 아테네 거리를 돌아다니며 정직한 사람을 찾거나(한 명도 찾지 못했지) 조각상 앞에서 동냥을 했지. "난 거절에 익숙해지는 중이라오."

디오게네스는 자신의 호롱불이 만인의 얼굴(과 통찰력)에 레이저처럼 빛나길 원했어. 플라톤의 안이한 동굴 안에서, 벽에 투영된 그림자를 "실체"로 오인하는 사람들 말이야. 알렉산드로스 대왕도 유명한 말을 했지. 자기가 알렉산드로스가 아니라면 디오게네스가 되고 싶었을 거라고. 글쎄, 디

〈디오게네스〉, 장 레옴 제롬 作, 캔버스에 오일, 월터스 아트 뮤지엄

오게네스가 알렉산드로스가 되고 싶어 했을 것 같지는 않구나.

다만 알렉산드로스도 이탈리아 사람이 되고는 싶었을 거야. 이탈리아는 세상을 한 번이 아니라 두 번이나 문명화했으니까. 플라톤의 향연에서 완벽한 멧돼지 파스타와 완벽한 브루넬로 적포도주를 즐기며 그 문제를 숙고할 시간은 얼마든지 있을 게다. 로마제국을 다루는 장이라면 타키투스에서 기본까지, 필요한 내용은 얼마든지 서재에 있단다. 르네상스 장이라면 그 전에 일어난 몇몇 중요한 사건도 알고 싶을 거야.

1453년 터키 술탄 메흐메트가 콘스탄티노폴리스를 점령할 때 성소피아 대성당[15] 앞에서 무슨 짓을 했는지 아니? 기본의 말에 따르면, 페르시아 노래를 불렀다는구나. 아주아주 부드럽게, 속삭이듯이. "거미가 황궁에서 거미집을 지었네. 올빼미는 아프라시아브 탑들을 돌며 야경의 노래를 불렀네." 페르시아. 얼마나 멋진 이름이니? 페르시아는 그리스

---

15 아야 소피아, 하기아 소피아로도 불리며 그리스정교회 성당이자 콘스탄티노폴리스 세계 총대주교의 총본산이었으나 지금은 이슬람의 모스크로 사용된다.

성소피아 대성당

보다 더 문명화되었지만…. 하긴 그것도 또 다른 이야기구나.

지금 하고 싶은 이야기는 할리우드도 감히 건드리지 못했던 서사시야. 콘스탄티노플, 비잔틴 로마제국(아랍인들과 투르크인들은 '룸Rum'이라 불렀지)은 무너졌어. 유럽이 찬란한 로마 황제 시대와 근근이 마지막 유대를 이어가던 시대였지. 그 후 무슬림이 되고 지금은 이스탄불로 불리고 있어. 세계 최대의 교회는 모스크로 탈바꿈해야 했고.

그래도 우리 카메라는 파노라마식 촬영에서 빠져나와 그리스 망명자, 실제로는 학자들에 초점을 맞출 생각이란다. 그들은 떼를 지어 엄청난 양의 책을 운반하며 피신했어. 그들이 선호한 정착지는 이탈리아였지. 그 결과 플로렌스의 산마르코 대성당 도서관엔 필사본이 잔뜩 쌓이게 되었는데 그곳의 후원자가 바로 코시모 데 메디치였어. 그리고 그 필사본 중에 플라톤의 소실된 대화록이 들어 있었구나. 덕분에 플라톤이 번역에 묻히지 않은 채 유럽 문명을 절정으로 이끈 추진력이 될 수 있었지.

어느 맑은 날, 코시모가 주치의의 여섯 살짜리 아들인 마르실리오 피치노에게 이렇게 말했어. "언젠가 네가 자라면

산마르코 대성당

저 글들을 번역해서 세상에 그 비밀들을 밝혀주렴."

소년은 그 말을 그대로 따랐지. 마르실리오는 플로렌스에 플라톤 아카데미를 설립해 플라톤의 자유사상을 널리 전파했어. 르네상스는 매우 거대한 과제였지. 근대 세계의 탄생에 버금가는. 어느 천상에선가 플라톤이 얼마나 좋아했을지 상상해 보렴. 플라톤의 저술들은 《티마이오스》만 빼고는 무려 500년 동안이나 "사라진" 상태였거든. 하지만 1100년대 아랍 도서관에는 정성스레 플라톤의 대화록들이 보관되어 있었고, 후일 라틴어 번역가들에게로 넘어갔지. 그러니 1400년대 이탈리아를 "침공한" 그리스 학자들이 어찌 고맙지 않을 수 있겠니? 콘스탄티노폴리스가 몰락한 전후인데?

이 세상이 플라톤의 《향연》을 섭렵하는 데 걸린 오랜 시간을 생각해 보렴. 아니면 어느 와인 파티에서 그가 어떻게 멍청한 철학자들을 엿 먹였는지도. 플라톤의 《향연》은 우리 일상과 삶의 정수, 즉 아름다움과 지성, 테제와 즐거움의 연대를 나타내는 상징이 될지도 모르겠구나.

플라톤 '향연'의 테마는 온갖 종류의 관능적 의미로 사랑의 여신을 찬양하는 데 있어. 소크라테스가 입을 열면 온통,

"사랑은 아름다움에 자극된 욕망" 얘기란다. 궁극적인 사람은 육욕을 초월해 영적 진리를 갈망하지. 물적 아름다움은 지고한 이상의 직접적이고 물질적인 복제여야 빛을 발해. 물질적 대상이 플라톤식 형상의 복제인 것과 마찬가지지.

소크라테스에 따르면, 사랑의 진정한 영적 본성은 한 여인, 즉 여제사장 디오티마Diotima[16]로부터 그에게 전해졌어. 따라서 아름다움을 향한 사랑은 진리를 향한 사랑으로 이어지지. 키츠도 그런 말을 했어. "미가 곧 진리이며 진리가 곧 미일지니."[17] 하지만 소크라테스는 이런 말도 했단다. 미를 향한 사랑은 발할라Valhalla[18], 즉 신에게로 이어진다. "신성한 아름다움, 그 자체를 바라보기." 그건 가장 고양된 차원의 지식, 그리고 사랑이란다. 우리 영혼이 모두 동일한 신성을 공유하고 있기 때문이지.

섹시한 스트리퍼가 우리를 신에게 이끌어줄 수 있는 이유란다. 에, 사실 그렇지는 않아. 스트리퍼가 데려다줄 곳은

---

16   《향연》에 나오는 가상 인물.

17   "Ode on a Grecian Urn"에 나오는 표현. John Keats는 19세기 영국의 낭만파 시인이다.

18   북유럽 신화에서 전사들이 전투에서 죽은 뒤에 이르는 천국.

〈발할라로 돌아가는 훈딩스반〉, 어니스트 윌커즌스 作

보티첼리의 여인Botticelli babes[19]들이겠지.

너도 그곳에 데려가고 싶구나. 1970년대 말, 플로렌스에서 대학원에 다닐 적에, 영국인 여자친구가 내게 일거리를 준 적이 있어. 옥스퍼드와 케임브리지 대학원생이 유럽 문명을 순회 여행 하는데 그 가이드를 해달라는 얘기였어. 그 친구들의 관심을 이끌어내기 위해, 난 보티첼리와 데이비드 보위를 비교하곤 했지. 그렇게 아예 돈벌이도 했어. 스타맨, 하늘에서 기다리는….[20]

〈봄Primavera〉과 〈비너스의 탄생La nascita di Venere〉은 당대 최고 인기작들이었지. 결국 사랑의 발라드, 특히 피치노의 제자인 폴리지아노가 쓴 노래에 영향을 받았으니까. 그 노래들은 "링 안의 소녀들"을 불러내. 비키니 레슬러가 아니라(이들이 미국식 팝 버전일지는 모르겠지만) 삼미신三美神, The Three Graces이란다. 이교도적 신화이자 우화이지. 피치노는 삼미신을 순환의 상징으로 묘사했어(니체가 플로렌스를 그렇게 묘사했던가?). 즉, 신성한 사랑이 신으로부터 영혼, 그리고 다시 천

19   보티첼리가 표현하는 여성 이미지로, 우아하고 이상화된 여성상을 뜻한다.
20   데이비드 보위가 1972년 발표한 노래 〈스타맨Starman〉의 가사 일부.

상으로 되돌아간다는 얘기야. 또한 삼위일체, 전체, 완성을 뜻하는 피타고라스의 상징 모티프도 있었어. 삼미신은 물론 사랑, 비너스라는 이교도 여신과 연결되어 있었지. 슈퍼스타 비너스는 한 번이 아니라 두 번이나 반짝 등장하는데, 우아한 휘장 속에서 화려하게, 그리고 바다에서 완벽한 모습으로 태어나, 나신裸身으로.

〈비너스의 탄생〉은 그 자체로 삼위일체란다. 그림 왼쪽의 "열정적인 바람"은 사랑의 세속적 힘, 에로스의 혼란을 상징하고, 오른쪽엔 봄, 스프링의 알레고리가 있지. 그녀는 우아한 옷을 입고 나신의 비너스에게 망토를 주고 있어. 세속적이고 불경스러운 사랑이 정숙하고 신성한 사랑으로 변신하는 거야. 바로 플라토니즘의 정수란다. 비너스의 눈부신 얼굴이, 보티첼리가 무수히 그린 성모 마리아의 그림 속으로 녹아든 것도 우연은 아닐 거야.

피치노에 따르면, 《티마이오스》에서 플라톤은 사랑을 원초적 혼돈Chaos의 심장에 두었고 바로 그곳에서 우주의 질서가 탄생한단다. 빅뱅의 또 다른 버전인 셈이지. 맙소사, 사방으로 터져나가는 사랑이라니. 육신과 영혼의 융합으로서의 비너스의 탄생… 우주의 통일, 불제자 비너스?

〈봄〉, 보티첼리 作, 캔버스에 템페라, 우피치 미술관

〈비너스의 탄생〉, 보티첼리 作, 캔버스에 템페라, 우피치 미술관

우리 삼대三代(너, 네 아빠, 그리고 나)가 이상적인 순회 여행을 떠난다면, 우피치의 보티첼리 전용관에서 알파로메오를 타고, 플로렌스에서 로마 그리고 바티칸의 라파엘로 전용관인 서명의 방으로 떠나게 될 거야. 그럼 그리스의 경이로운 철학적 장관이 펼쳐지겠지. 라파엘로의 〈아테네 학당Scuola di Atene〉은 또 한 명의 천재 피코 델라 미란돌라로부터 영감을 받았는데, 아주 아주 잘생긴 남자인 데다 학자들로부터 "모든 것을 아는 최후의 남자"로 칭송받기까지 했단다.

〈아테네 학당〉에는 피코와 플라톤, 피타고라스가 나란히 서 있어. 위인들이 다 그곳에 있지. 유클리드, 디오게네스, 에피쿠로스, 소크라테스. 플라톤과 아리스토텔레스는 철학의 왕자들이야. 플라톤은 《티마이오스》를 들고 아리스토텔레스는 《니코마코스 윤리학》을 들었어. 구조적 배경도 다름 아닌 삼위일체를 보여준단다. 세 개의 원통형 천장, 즉 피코가 보기에, 삼위일체는 플라톤과 아리스토텔레스의 상호융합이자, 신의 통일을 예시하고 있지.

오, 그야말로 플라톤적이 아닐까. 저 큰 그림The Big Picture이 실제로 중요한 것처럼. 너도 곧 알게 되겠지. 작은 단편들이—양극이 충돌하면서—서로 어울려 가며 어떻게 일관

〈아테네 학당〉, 라파엘로 作, 프레스코화, 바티칸 미술관 벽화

된 전체를 이루는지.

플로렌스. 내 인생에서 가장 핵심적인 결정은, 플로렌스에서 지내며 예술의 정수를 현장에서 배운 것이란다. 내 길잡이, 즉 베르길리우스[21]는 당연히 단테의 《신곡》이야. 비아 파엔차의 작은 방. 즐겨 찾은 작은 식당. 엄선한 몇 권의 책. 조용히 사색에 빠졌던 시간들. 자전거를 타고 교외를 돌아다니며 프레스코 벽화나 테라코타 원반들을 감상하던 일. 도나텔로와 브루넬리스키가 왜 로마까지 가서 고전 조각과 건축을 연구했는지는 너무도 분명하단다. 고전 건축은 로마 제국의 붕괴 이후로 이탈리아 도시 생활에 그대로 보존되고 있었어. 키케로 덕분에 정치적 자유가 유지되었듯이 말이야. 어쨌든 학자들이 키케로를 읽기 시작한 것도 1100년대가 되어서였구나.

도나텔로와 브루넬리스키는 돌아왔어. 덕분에 문명은 현재 바르젤로 미술관에 자웅동체의 다비드를 그리고 플로렌

---

21   고대 로마의 시인. 오비디우스, 호라티우스와 함께 역대 최고의 라틴어 문학가로 불린다.

스에 두오모Duomo[22]를 보유할 수 있었지. 그저 독창적이라는 말로는 이들 축복받은 3인의 피렌체파를 온전히 설명할 수가 없구나. 왜 플로렌스냐고? 바사리는 슈퍼스타들을 대부분 알았는데, 플로렌스의 정치적 자유가 비판적 사고에 영향을 주었다는 거야. "플로렌스의 공기는 자연스럽게 자유로운 사고를 만들며 평범에 머물지 않게 한다." 그리고 물론 고난도의 연구는 필수였지. 스투디아 후마니타티스*Studia humanitatis*, 바로 인문학 연구. 르네상스의 인본주의자들에게 이 공부는 역사(근본적으로 고대 그리스와 로마), 수사학(키케로의 예를 따름), 그리스와 로마 문학, 도덕철학(기본적으로 아리스토텔레스의 윤리학)에 몸을 던지는 일이었으니까. 그걸 자유의 도구로 불러도 좋겠다.

피티 궁전 인근에 내가 즐겨 찾는 식당이 있단다. 어느 날 그곳에서 우리 삼대가 브루넬로 와인을 마시며 이 모든 주제를 두고 토론을 할 수 있다면 여한이 없겠구나. 플라톤의

---

22   원래 반구형의 둥근 천장을 뜻하나, 이탈리아에서는 대성당을 의미하는 말로 바뀌었다.

향연을 완벽하게 재현해 놓고. 아이, 야생딸기wild strawberry[23]의 순간들이여.

계몽주의도 프랑스의 18세기도 건너뛸 생각이다. 경구로 표현된 예리한 재치 같은 시대였지. 대신 곧바로 본론으로 달려가 니체를 소개하고 싶구나. 사실, 니체도 나도 좋아하는 소크라테스 이전 시대로 돌아가 탈레스, 아나크시만드로스, 아나크사고라스, 파르메니데스 그리고 니체의 최애 인물, 헤라클레이토스도 만나볼 참이다. 생각해 보렴, 그들의 저술이 2500년 후에 사실상 사라져 버렸잖니. 플라톤과 아리스토텔레스가 단편들을 인용했지만 기껏 소크라테스 이전 철학을 교묘하게 조롱하는 식이었어.

자, 게릴라 철학자 니체를 보려무나. 플라톤도 아리스토텔레스도 잘못 알았어. 진짜 천재는 소크라테스 이전 철학자들이었어. 헤라클레이토스도 "만물은 변한다"라고 했지. 불교의 무상無常에 버금가는 사상이란다. 그는 실재함Being을 거부했어. 무상이 결국 우리를 평온 상태로 이끌어야 한

<hr>

23   과거의 행복했던 순간들을 나타내는 상징으로 종종 쓰인다.

다는 거야. 그래야 끊임없는 변화를 다룰 수 있으니까. 자, 허리케인에 올라타렴.

허리케인에 올라타렴. 바이런의 낭만주의와 초기 그리스 철학을 재결합하고. 창조적 통찰력의 동인 디오니소스와 더불어, 냉혹한 이성의 상징 아폴론을 진압하렴. 당대의 괴짜 니체는 디오니소스의 자유롭고 자율적인 영혼을 찬양했단다. 소크라테스 이전 시대도 사랑했지. 음악, 예술, 시, 희곡에 영향을 주었지만 대부분 플라톤과 아폴론 추종자들의 냉혹하고 계산적인 이성에 떠밀리고 말았어.

니체가 서방의 몰락을 이야기할 때만큼 충격적인 이야기란 평생 듣기 어렵단다. 물론 시나리오엔 로마제국의 교외 장면도 하나 들어 있지. 모호한 유대교 종파인 기독교가 플라톤을 사회 전체의 도덕적 뼈대로 만들어버렸을 때 얘기야. 니체에게 기독교는 "다수를 위한 플라토니즘"이었지. 자유란 단지 르네상스 시대에만 짧게 유행했으며, 그 후 계몽주의와 근대는 플라톤의 이성에 갇혀버렸다는 말에 반박은 할지언정 그렇다 해도 그가 정곡을 찌른 것만은 분명해.

프리드리히 니체(1844~1900)

이왕 애기가 나왔으니 "권력에의 의지"[24]도 살펴야겠다. 소크라테스 이전 호머의 영웅들이 권력의지가 있었고, 로마 제국을 파괴한 야만족 "황색 머리의 야수들"[25], 칭기즈칸, 티무르도 마찬가지였어. 헤겔과 니체에게 역사적 진보란 늘 피범벅이었지. 벌써부터 다음 세계대전을 정당화하는 것처럼 말이야. 그렇게 되면 우리 모두… 사라지겠지?

최소한 신은 19세기 말에 죽었단다. 도스토옙스키가 그 법칙을 만들었어. "신이 죽으면 모든 것이 가능해진다." 니체는 한술 더 떴어. "우리를 파괴하지 못하면 우리는 더욱 강해진다." 소크라테스의 죽음. 신의 죽음. 그럼 과연 무엇이 남을까? 우리는 디오니소스의 자유영혼이 되어야 해. 선과 악을 초월한 세계에 뛰어들 거야. 그리하여 헤라클레이토스가 시작한 그 순간으로 되돌아가겠지. "마지막에 내 시작이 있느니."

이 단계쯤 오면 너도 고개를 갸웃하겠구나. 에피쿠로스,

---

24   철학자 니체의 개념. 모든 생명체에는 자신의 존재를 유지하고 확장하려는 근본적인 충동이 있다는 뜻.

25   니체는 북유럽 원시족(즉 게르만 아리안족)을 "blonde beasts"라고 불렀다.

데모크리토스, 루크레티우스, 문화적으로 수천 년간 지배해 온 관념의 극단에서 우리 착한 마르크스 아저씨가 탄생한 게 아닐까? 그러니까 플라톤과 기독교적 네오플라토니즘[26] 에서 도출한 관념 말이야. 그 사람들한테 실체는 우리가 보고 느끼는 것이 아니라 이데아Idea였거든.

저 하늘엔 천체 말고는 아무것도 없단다. 초감각적인 힘도 없고 신학적인 판타지도 없어.

다신多神도 없고 유일신도 없지.

결국 자연은 공간과 시간뿐이구나. 항성의 시간, 계절 주기의 시간, 발아, 수정, 노동의 시간. 시간의 노동. 따라서 니체식 일상의 파워칵테일power cocktail은 일면 태양의 에로티시즘Solar Eroticism과 같은 거야. 모든 모호하거나, 직관적으로 종교적인 힘에서 천국과 지상을 제거하고, 또 쾌락주의, 무신론, 후기 무정부주의를 생명력으로 찬미하기 위해서지. 그리고 여기 또 하나의 (잠재적) 계시가 있구나. 어쩌면 네 부모가 네 이름을—기억하려무나, 단어의 신성한 힘

---

26 기원 후 3세기 플로티누스의 철학사조. 플라톤의 사상에서 신비적, 형이상학적 국면을 강조하여 기독교에 큰 영향을 미쳤다.

을—아이얀, 즉 태양으로 가는 길로 지은 (무의식적인) 이유
일지도 몰라.

현장

"현실Reality"은 미지의 암호로 대화하는 인물들이 있는,
뒤틀린 그림에 불과할지도 모르겠구나. 그러면 어느 날, 딸
랑딸랑 종소리 떠드는 아침 네가 미스터 탬버린 맨[27]이라는
사람을 따라올 거야.

빠져라. 변하라. 다만 벗어날 필요는 없다.[28] 순리를 따르
고, 그리하여 강력한 몽상의 향기를 만끽하라. 너는 열다섯
살이 되겠지만 네가 황홀경에 빠지려면 스물네 살은 되어
야 할 거야. 밥 딜런도 그 나이에 상상적이고 매혹적이고 박
식한 판타지로 빛을 발했단다. 이것도 네가 태어날 즈음에

---

27   1965년 발매된 버즈의 데뷔 앨범이자 노래. 밥 딜런 작곡이다. "In the jingle jangle
      morning, I'll come followin' you"는 노래 가사의 일부이다.

28   "빠져라, 변하라, 벗어나라. Turn on, tune in, drop out"는 1966년 히피 반문화 운동
      가 티모시 레리가 한 말이다. 위의 문구는 사람들이 주류 소비 문화에서 벗어나 자신
      을 돌아보라는 주문으로 풀이된다. 히피인 탓에 turn on은 "환각에 빠지다"라는 의미
      로도 썼을 것이다.

는 이미 50년 전 이야기겠구나. 네 아빠의 찬가가 한동안 지미 헨드릭스의 〈퍼플 헤이즈Purple Haze〉[29]였는데, 아마도 태어난 지 몇 개월 되지 않았을 때 처음으로 들었을 거야. 어느 날 아침 공원에서 유모차에 실려 산책할 때였을까? 아빠 머리 옆에서는 워크맨이 빵빵 울렸을 테고. 네 찬가는 버즈의 〈미스터 탬버린 맨Mr. Tambourine Man〉이 되겠구나. 아니면 딜런과 비틀스의 퓨전 곡이든가.

그러던 어느 날 네가 삶과의 싸움에 빠지게 되면 틀림없이 '구르는 돌 같은Like a Rolling Stone'[30] 기분이 들 거야. 처음에는 버로스, 긴즈버그, 케루악의 잘라내기 기법cup-up[31]으로 쓴 20쪽짜리 구토와 증오, 피의 복수가 6분짜리 싱글로 변신했지. 그다음엔 61번 하이웨이를 다시 달릴 거야. 뉴올리언스에서 멤피스를 경유, 미네소타 심장부까지 2264킬로미터를. 교차로에서 잠시 멈출 텐데(이런, 진짜 교차로는 아니

---

29 그 당시 뮤지션들이 자주 즐겨하던 보라색 캡슐로 된 환각제 이름으로 지미 헨드릭스의 대표곡 가운데 하나다.

30 밥 딜런의 1965년 노래.

31 텍스트를 무작위로 쪼개 새로운 텍스트로 재창조하는, 우연성의 문학 기법 또는 장르를 뜻한다. 〈구르는 돌 같은〉의 가사도 그 기법으로 쓰였다.

야), 그곳에서 로버트 존슨이 악마에게 자기 영혼을 팔거든. 그럼 블루스가 너를 태양으로 안내하겠지.[32]

살다 보면 머지않아 음악이야말로 들판의 불길, 구름을 휘젓고 다니는 번개처럼 너를 휩쓴다는 사실을 깨닫게 될 게다. 콘래드도 그렇게 말할걸. 우리는 꿈을 꾸듯 산다고. 혼자서. 덧붙여, 우리는 찰나 속에서 산다. 찰나에 이은 찰나. "혼란에 의한 혼란으로부터 혼란스러운/ 긴장과 시 찌든 얼굴들 위로/ 오로지 순간의 명멸."[33]

플라톤의 《대화》를 보면 조화harmony가 어떻게 태양계 구조에서 파생하는지 나와 있어. 우리가 (어느 명멸의 순간) 우주적 공명실共鳴室을 품는 일이 궁극적으로 불가능하지만은 않을 거야.

내 세대가 자란 배경은 팝 음악이 문화적, 정치적 한계를 모조리 거부하던 때였단다. 음악은 온 세상의 중심이었어. 버즈가 그랬지. 〈5차원Fifth Dimension〉이 발매된 1966년은 대

---

32 블루스의 아버지 로버트 존슨의 천재적인 연주 솜씨를 두고 사람들은 그가 61번 하이웨이 교차로에서 악마와 거래했다고 믿었다. 그 교차로를 '악마의 교차로Devil's Crossroads'라고 부른다.

33 T. S. 엘리엇의 《사중주 네 편》 중 〈번트 노튼Burnt Norton〉에 나오는 시구.

중문화에 환각제가 폭발하던 때였어. 버즈는 이미 5차원적 사고에 뛰어들었고. 우리 세계가 그저 유한의 혹성이라 무한한 우주에서 볼 수 있다는 사실을 예견도 했단다. 음악은 그 이야기를 들려준 거야.

〈에이트 마일스 하이Eight Miles High〉를 들으면 우리가 지구에 갇힌 삶을 떠나(우리에게 익숙한 세상에서 날아가) 오! 은혜롭게도 저 위에서 내려다볼 수 있었지. 〈미스터 스페이스맨Mr. Space man〉은 다른 혹성들에서의 몽상을 이야기하고 있어. 보위는 몇 년 후 "혹성 지구는 푸른색이고 내가 할 수 있는 일은 아무것도 없다"[34]라고 고백하기도 했지. 하지만 우린 할 수 있다고 믿었단다.

그 시절엔 우주여행과 내적 성찰 사이에 궁극적이고 구조적인 관계가 있다고 믿었구나. 큐브릭의 〈2001 스페이스 오디세이2001: A Space Odyssey〉의 마지막 장면이 그랬지. 내 경우엔 환각 상태에서만 그 그림을 실제로 이해할 수 있었어.

내 세대는 베트남의 영향이 무척 컸단다. 몇 년 후 베트남

---

34   "it's blue, and there's nothing I can do." 데이비드 보위의 노래 〈스페이스 오디세이 Space Oddity〉(1969) 가사 중에서.

〈2001: 스페이스 오디세이〉의 마지막 장면

에 갔을 때 알았지만 베트남 사람들은 미국 전쟁이라고 부르더군. 피아彼我를 가리지 않는 무자비한 포격, 암살, 고문, 네이팜탄과 고엽제 화형식, 어느 오지, 작은 농토에서 시체가 산을 이루었는데 우린 아직 어린 탓에 그걸 게릴라 영웅의 요람으로 찬양했었지. 그러니 어떻게 닉 우트의 1972년 사진에 충격을 받지 않을 수 있었겠느냐. 바로 한 어린 베트남 소녀가 남베트남 비행기의 네이팜탄 폭격에 놀라 벌거벗은 채 고통과 두려움을 안고 달리는 사진이야.

1968년에 난 고작 열네 살이었어. 기자가 되어 베트남을 취재할 수도 없는 나이였지. 그래서 그 광경을 멀리서 지켜봐야만 했구나. 도어스와 헨드릭스, 스택스Stax와 모타운Motown35을 들으면서⋯. 그러다가 끝내 코폴라의 영화에서 기어이 그 참상을 "보았어". 바로《어둠의 심장》을 기반으로 한 〈지옥의 묵시록〉이었지. 전쟁에 대해서라면 이것만 알면 된다⋯. 전쟁은 미친 짓이다.

---

35 스택스(멤피스, 1957)와 모타운(디트로이트, 1959)은 미국 소울 음악을 대표하는 음반 레이블이다.

〈네이팜탄 소녀〉, 닉 우트

낙원의 이쪽[36]에서는 주로 캘리포니아의 꿈을 먹고 살았어. 사랑과 평화[37], 소프트 힌두이즘[38], 불교 붐Buddhist Chic[39], 니체와 쇼펜하우어. 크림과 더후, 비치보이스와 딥 퍼플, 슬라이 앤드 더 패밀리스톤과 부커 티 앤드 디 엠지스…. 모두 프랭크 자파의 환각의 냉소주의를 걸치고 나왔지. 비밀이다만 우리에게도 환각의 4인조 시절이 있었단다. 남자 둘, 아름다운 여자 둘. 저 아래 남미의 철통같은 군사독재하에서도 겁 없이 까불던 시절이었어. 다 덤벼, 모조리!

그리고 난 길고도 긴 여행을 시작했지…. 거울 나라의 앨리스[40]…. 지구 반대편으로 뚫고 간 거야break on through to the other side.[41] 아시아.

36   F. 스콧 피츠제럴드의 소설 제목에서 인용.

37   1960~70년대 반전을 부르짖던 히피 청년 문화.

38   1960~70년대 히피족들은 동양 문화에 관심이 있었는데 그중 하나가 힌두교였다. soft Hinduism은 특정한 종교적 경험이나 신앙 체계보다 정신적인 탐험의 일환으로 힌두교를 보자는 흐름을 뜻한다.

39   당시 힌두교와 더불어 불교도 큰 인기를 누렸는데 불교의 심볼이나 명상을 표현한 아이템들을 "Buddhist Chic"이라 불렀다.

40   《거울 나라의 앨리스》의 제목을 인용하였다.

41   1967년 도어스가 발표한 노래 제목. 다만 도어스는 the other side를 환각에 취한 상태로 사용하였다.

물론 비서구적 사상이 캘리포니아에서 만들어지진 않았어. 베이 에어리어 히피[42]들의 선조인 긴즈버그와 비트 세대도 아니야. 하지만 그건 우리 대다수에게 힌두교와 불교… 궁극적으로 아시아에 들어가는 입장권이었지. 에, 캘리포니아는 미래 세계를 위한 짧지만 기막힌 예고편 같은 곳이었어. 아니, 지금도 그렇고 언제나 그럴 거란다.

서재에서 2010년대 베를린의 캘리포니아 관련 전시 카탈로그를 찾아보렴. 그럼 너도 그 모든 것을 실험할 수 있을 거야. 단어로, 몇 개의 이미지로, 네 휴대용 〈2001 스페이스 오디세이〉처럼 회고하듯이. 그때쯤이면 네 아빠와 내가 만들어 놓은 플레이리스트들을 모두 들었겠구나. 사운드 트랙의 무한 반복, 〈환희의 송가Ode to Joy〉[43]의 연속 재생이지. 네가 이 모두를 물려받기를 얼마나 바랐던지. 최고급 비취만큼이나 소중한 연주곡들, 레코드 컬렉션. 하지만 수년간의 방랑 생활 탓에 너무 많이 사라지고 말았구나. 방랑자

42　1960년대 후반에서 1970년대 초반, 히피들은 자유와 음악, 마약의 중심지인 샌프란시스코 베이 지역에 몰려들었다.

43　베토벤의 9번 교향곡 〈합창〉 4악장에 삽입된 합창곡.

라면야 제일 좋아하는 카펫, 콤실크를 갖고 다니겠지. 알레포Aleppo[44] 시장의 자기 집에서 가져왔지만 이제 넌 그 시장을 닷컴으로 만날 수 있단다. 아니면 헤라트Herat[45] 시장에서 사 온 기도용 카펫일까? (다른 것들은 타이에서 제단의 화염에 타버렸어.) 하지만 방랑자가 레코드판 더미를 이고 갈 수는 없단다. (하긴 몇 년 동안 대륙 사이를 오가며 그 짓을 하긴 했구나.) 그래도 미국에서 최초로 발매된 〈집시들의 밴드Band of Gypsies〉[46]와 영국에서 최초로 발매된 〈콰드로페니아Quadrophenia〉[47]는 남아 있을 거야. 다른 건 모두 도난을 당했지. 컨테이너에서 사라진 후 다시는 돌아오지 않더구나. 불교의 덧없음 같은. 하지만 너라면 해적판과 스튜디오 녹음까지 모두 디지털로 들을 수 있겠지.

그러니 무한 반복 〈환희의 송가〉를 들으면 전장이 어떤 식으로 배치되었는지 알게 될 거야. 저 섬뜩한 기술결정론

---

44   시리아 북부의 도시이자 알레포주의 주도.

45   서부 아프가니스탄 헤라트주의 주도.

46   1970년 지미 헨드릭스의 라이브 음반.

47   1973년 영국의 록밴드 더 후의 여섯 번째 앨범.

대 자연파 낭만주의를 생각해 보렴…. 아니면 거기에 상큼한 로맨스, 히피의 반란으로 맛을 더해 봐도 좋겠지. 그게 그렇게 중요했고 여전히 그런 이유는 샌프란시스코만灣 지역의 컴퓨터 문화가 바로 그 융합에서 왔기 때문이야. 캘리포니아 우주론. 디지털 네트워크 자본주의가, 그렇게 밀레니엄의 종말 이전 신경제New Economy[48]에서 그 이후 깨어지게 될 모든 디지털 장벽까지, 포스트모던 국제화를 형성하게 됐지. 캘리포니아 우주론이 지금의 세상을 만들었단다. 네가 태어날 바로 그 세상을.

그 모두가 1968년의 일이었구나. 식민지 자본주의의 근대화 말도 아니고 심지어 그렇게 먼 과거도 아니었지. 그보다는 훨씬 견고한 (또는 "견고한 모든 것은 대기 속에 녹아버린다."[49]) 후속 조치의 등장을 위한 청사진, 즉 제반 상황들에 가깝겠지. 반문화의 불화를 끌어들이거나 받아들이는 수준을 훨씬

---

48 1990년대 미국이 디지털 기술을 기반으로 누렸던 장기 호황 현상. 디지털경제라고도 한다.

49 "All that is solid melts into air." 19세기 카를 마르크스의 선언(공산당선언). 여기에서 "견고한 것들"이란 왕정과 신분제, 토지 독점, 세습 등 삶의 제반 양식을 뜻한다. 1982년 마샬 버먼이 동일 제목으로 책을 출간한 바 있다.

넘어서는.

난 오랜 기간 이 문제를 관념적으로 연구한 바 있었어. 사랑과 평화의 시절, 1970년대 말, 암스테르담자유대학교Vrije Universiteit Amsterdam에 있을 때였지. 그때는 할리우드에 살면서 유목민처럼 동서양을 오갔지만 문득 베를린에서 (벤저민에게 영감을 얻어) 미적 개안을 했지. 독일 통일 이후 사반세기가 지나서 말이야. 아주 오랫동안 1968년이 프랑스의 5월 혁명(68혁명)에 빚졌다고 생각했단다. "금지를 금지한다. 현실을 직시하고 불가능한 것을 요구하라."[50] 아냐, 1968년은 실제로 행성 지구의 사진으로 규정되었어. 아폴로 8호가 보내온 바로 그 사진… 행성 지구는 푸른색이고 내가 할 수 있는 일은 아무것도 없지.

제2차 세계대전(네 증조할아버지가 참전했었지) 종전 이후, 현대사회가 허리케인처럼 확장했어. 동시에 과거에 타자The Other로 배제되고 조롱당했던 세력이 부상하기 시작했지. 타자란 불합리하고 감상적이고 쾌활하고 이질적인 모든 것

---

50 "It's forbidden to forbid. Be realist, demand the impossible." 1968년 프랑스 68혁명의 슬로건.

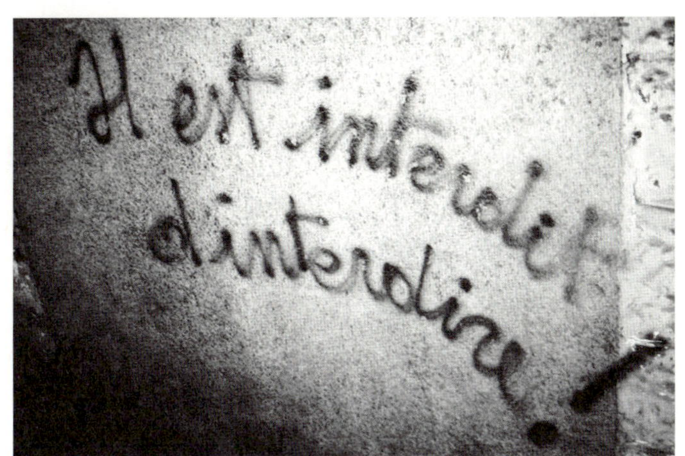

68혁명의 슬로건 "금지를 금지한다!"가 적힌 벽

아폴로 8호가 보내온 〈지구돋이Earthrise〉 사진

을 뜻한단다. 배제는 피식민지 착취를 무한대로 확대하기 위한 필요충분조건이 됐어. 지구인 대부분이 거기에 휩쓸려야 했지.

생각해 보렴. 지질학적으로 이 새 역사관이 어디에서 만들어졌을까? 바로 캘리포니아란다. 서구의 식민지 팽창이 한계에 이르자(태평양에 빠질 기회도 없이!) 방향을 바꾼 거야. 밖으로의 팽창에서… 내부 혼란으로.

난 제2차 베이비붐 빅뱅 세대란다. 1946년에서 1957년 사이에 태어난 우리 같은 사람들은 최고의 음악, 최고의 섹스, 최고의 성공 기회를 차지했어. 삶은 불공정한 거래야. 너무 늦게 태어나 베트남에서 죽기도 하고(기자로 죽기도 하고) 너무 일찍 긴축시대에 태어나면 산 채로 박살 나거나 짓밟히기 일쑤였거든.

그러니 1960년대 말과 1970년대를 환각제와 컴퓨터 문화 사이에서 요동하는 축이라고 생각해 보렴. 히피, 인공두뇌 전문가, 자연파 낭만주의자, 테크노 숭배자, 디스코 성도착자… 그리고 수많은 미치광이가 짓밟은 시기였으니까. 다들 계급과 권위주의적 권력 구조, 소위 "시스템"에 깊은 거부감을 드러냈지. 유토피아는 온갖 종류의 무법 지대를 만들어야 했어. 프랑스 몽상가 들뢰즈와 가타리(영광스럽게도 한참 후에 두 사람을 만나기는 했구나)가 그 현상을 리좀적 방식 rhizomatic way[51]으로 정의했는데, 이를테면 쥐들이 땅 밑에서 돌아다니듯 배치된 전쟁 도구들 같은 거야.

그보다 어떻게 더 낭만적일 수 있겠니. 우리의 절대명령은 그들과 싸우는 것이었어. 냉전이라는 공식 속에 안치된 지구적 전체주의라는 비전과. "평화"라는 개념은 뭐든 잊어라. 대신 우리에게는 괴물이 있었지. 괴물은 지구를 침략하고 핵폭탄으로 생명과 자연을 협박했어. 스테픈울프의 노래를 들어보렴. 너도 MAD라는 약어에 익숙해질 거야. 상호 확증파괴Mutual Assured Destruction. "시스템"은 사이버월드의 해방력과 무관하단다. 그보다는 군산복합 사업체 특유의 사악하고 불투명하고 무자비한 파괴력에 가깝지.

우리에게 무기는 없지만 도어스는 있었지. 그것도 플레이리스트에 있는데, 아마도 네 귀에 들려주고 싶은 첫 번째 곡일 거야. 스튜디오 녹음 앨범도 있고 최고의 라이브 쇼도

---

51   가지가 흙에 닿으면 마인드맵처럼 뿌리를 뻗어 나가는 형상을 은유적으로 표현한 용어.

도어스. 맨 왼쪽이 보컬 짐 모리슨

있어. 〈디 엔드The End〉, 캘리포니아 사막의 끝, 서부 전선의 끝, 온갖 교활한 서구 지배 계획의 끝. 그렇게 음악이 끝났을 때… "지구는 파괴되고 약탈당했다. 그러니 새벽의 그쪽에서 겁탈하고 때리고 나이프로 찔러라. 울타리로 묶고 끌어내려라."[52] 그리하여 도마뱀 왕[53]은 카르티에 라탱[54]의 벽마다, 별이 될 1968년 그래피티에 착수한단다. "우리는 세상을 원한다. 지금 당장."[55]

그렇게 환각제가 범람하고 '영적 아시아'를 세금도 없이 들인 덕분에 사이버네틱스는 새로운 애니미즘 원리처럼 기능하게 되었지. 그야말로 위대한 재결합이자 소외의 종언이었지. 하지만 자본주의의 자연화와 인간화와 평행으로 달려가는 중이야. 객관적 현실은 정보의 홍수와 "관계들" 속에 완전히 소멸하고 말았어. 보드리야르는 후에 그 모두를 묶어 복제품이라 불렀지. 우리도 리오의 어느 파티에서 (웃으

---

52 도어스의 〈음악이 끝났을 때When the music's over〉의 가사.

53 도어스의 보컬 짐 모리슨의 별명.

54 프랑스 파리의 지역으로 1968년 혁명이 시작된 곳으로 알려졌다. 당시 그래피티에 "Be Realistic, Demand the Impossible"도 있었다.

55 도어스의 〈음악이 끝났을 때〉의 가사.

면서) 그 이야기를 했어. 그가 끊임없이 쏟아져 나오는 미인 퍼레이드에서 눈을 떼지 못할 때였지.

그 모든 것이 세상The World을 가장한 구글과 페이스북으로 일원화하고 말았구나. 주변 공간은 모조리 무한 자유와 자발적 조화의 공간으로 낭만화되었지. 다만 정치적 변형에 대한 내재적 요구는 어디에도 없구나. 우리 모두가 물려받은 것은 캘리포니아의 변형 우주론이었어. 이제 시장의 해방과 자본주의 경제의 자유화로 탈바꿈한 자유화 사상들이 기성품 같은 현실도피 이데올로기를 양산하는구나…. 노예들을 위해서?

네가 태어날 곳은 만물이 디지털화되어 무한히 확산하는 세상이란다. 보르헤스가 말했지, 지도는 세상과 같지 않고 세상을 능가한다. 그리고 지도는 그냥 사라지지도 않겠지. 오히려, 보드리야르가 일찍이 통찰하였듯, 해체되는 것은 현실이야. 보드리야르에게, "컴퓨터의 투명성으로의 (긍정적) 흡수"는 소외보다 훨씬 나빠. 우리는 모두 거울에 흡수되는 거야. 오직 몇 명만이 벗어나겠지. 에티엔 드 라 보에시의 《자발적 복종》 21세기 개정판은 여전히 나올 필요가 있겠어.

아주 아주 오래전, 우리는 일종의 아르카디아Arcadia[56]에서 사는 기분이었어. 내 세대는 길을 가다가도 얼마든지 멈춰 설 특권이 있었단다. 그렇게 쉽고 단순하게 시작했지. 이제는 존재하지 않는 70년대 이야기란다. 교육은 지긋지긋하고 끔찍한 트레이드밀이 아니었지. 성적만이 취업 시장으로 가는 티켓으로 통했으니까. 일자리들이 우후죽순처럼 생겨나고 계층 이동은 일상사가 되었어. 계급은 문화 구조일 뿐 경제와는 전혀 무관해졌고. 언제든 휴가를 얻을 수도 있었단다. 나도 1975년에 대학을 그만두고 스칸디나비아로 장기간 여름 트레킹을 떠났다가 다시 대학으로 돌아왔으니까. 박사 학위는 하지 않기로 마음을 먹고 1977년과 1978년에는 런던의 단칸방에서 살며 클래시와 잼에서 블론디와 텔레비전까지 마을의 재즈 연주는 모조리 찾아다녔어. 많은 친구들이 1980년대 고고장을 누비며 냉전의 종식을 만끽했지. 뉴욕, LA, 상파울루에서 런던, 파리, 도쿄까지 휩쓸며 쾌락주의자의 장벽을 하나하나 깨부순 거야.

56   옛 그리스 산속의 이상향. 천진, 소박한 삶이 가능한 곳.

〈제국의 단계: 아르카디아 또는 목가적 상태〉, 토머스 콜 作, 캔버스에 오일, 뉴욕역사협회

하지만 네 세대는 뭘 물려받지? 불안정하기 짝이 없는 일자리? 노조가 완전히 와해된 작업장… 야만적인 사회진화론자들의 적자생존? 기껏해야 노예 노동 수준인 "인턴 자리"? 유럽 주요 도시에서 천정부지로 치솟는 임대료와 부동산 가격? 삐걱거리기만 하는 공공서비스? 근본적으로는 공동체 의식도 공동체 정신도 소실되거나 박탈당한 도시?

계층 이동을 당연하게 여기고 공존의 정신은 나락에 빠지고, 그 세대에서도 저특권층이 돌파하는 것조차 실제로 불가능하게 만들었지.

내 세대 얘기를 해보면. "늙기 전에 죽기를 바라".[57] 실제로 많은 친구들이 죽었구나. 정신적으로. 윤리적으로.

현장

다른 얘기를 해보자꾸나. 2000년 여름이었어. 난 친구이자 일류 사진가인 제이슨과 함께 아프가니스탄, 실제로는

탈리바니스탄[58]을 동에서 서로 가로지르고 있었어. 헬만드 주 어딘가 뜨겁게 불타는 사막 위였는데, 바로 미국인들이 몇 년 후 길들이려고 했다가 실패한 지역이란다. 사막, 사방이 모두 사막이었어. 차에는 미지근한 펩시 몇 병이 고작이었고. 연료도 위태롭기 짝이 없었지. 그런데, 멀리 신기루가 아니라 진짜 주유소가 보이는 거야. 실제로는 지저분한 누옥인데 한 아이가 펩시 병 몇 개에 가솔린을 가득 채워놓고 있더구나. 아이가 우리 연료 탱크를 채우면서 나를 노려보았어. 이 외국 놈 정체가 뭐야? 무슨 꿍꿍이지? 이 지역은 탈레반이나 들어오는 곳인데?

나는 문득 미칠 듯한 충동으로 미니 워크맨의 이어폰을 빼내, 그 아이한테 끼워주고 플레이를 눌렀어. 바바 오라일리가 아이의 머릿속을 헤집었지. 아이는 얼어붙은 듯 꼼짝도 하지 않더군. 인트로가 끝나고도 오랫동안, 로저 돌트리가 〈십 대의 황무지Teenage Wasteland〉를 목청껏 불러댈 때까지. "난 싸울 필요 없어. 내가 옳음을 증명하기 위해." 에, 그

<hr>

58   아프가니스탄에서도 탈레반의 영향이 미치는 지역.

냥 증명하고 싶었을지도 모르겠구나. 음악의 힘이라면 아무리 십 대의 황무지인들 전복 못 할 리 없다고. 결과야 어찌되든. 우리가 떠날 때 깡마른 아이는 꼼짝도 하지 않고 서서 사막으로 떠나는 지프를 바라보고 있었어. 난 그렇게 소년 탈레반을 전도했단다.

그 일이 일어난 곳은 실크로드의 어느 지류였어. 아시아 여행 중에 다녔던 실크로드 지역을 몇 년 동안 하나하나 퍼즐 맞추기 하고 있었거든. 어느 날 문득 그런 생각이 들더구나. 대부분 순례자 수사를 따라다녔다는. 그래, 여기 그의 이야기가 있다. 꿈같은 이야기.

7세기로 돌아가 보자. 유럽은 중세, 즉 문명 스타일의 여명 속에서 허우적대고 있었어. 그동안 인도와 중국은 정치적, 지적, 종교적, 예술적 소용돌이에 휩싸였지. 불교 덕분인데 당시 막 휴머니즘이라는 엄청난 전류를 만들어냈거든.

1000년의 명상이 채 끝나기 전 불교 신비주의는 영혼이라는 전인미답의 영역에 발을 내디뎠지. 그리스-로마 고전주의의 밀레니엄과 나란히 발생하기도 했고. 휴머니즘은 영겁의 시행착오들을 거치며 늘 주기적으로 스스로 재창조한단다. 최고 수준의 존재 이유를 확립하고는 대체로 단명하면서도 지고지순한 절정을 만끽하는 거야. 더디기 짝이 없는 소멸 과정 속에서 완전히 다시 해체되고 더럽혀지기 위해서 말이야.

우리 영화 놀이를 시작해 볼까? 이제 카메라가 갑자기 돌아가며 너를 중국의 옛 수도 장안, 즉 동방의 로마에 밀어 넣을 거야.

우리 영웅, 젊은 현장은 불교의 독실한 후계자란다. 오랜 세월 수많은 지식인과 관리가 공자의 지혜와 수천 년의 예법을 따르며 도를 닦았단다. 우리는 이를 중국인의 마음속에 내재한 공손함이라 부르는데, 바로 그 계보를 이은 거야.

제국은 무정부 상태에 빠져들고 있었어. 그래서 현장과 그의 형은 쓰촨의 산속에 들어가 살아. 그리고 스무 살이 되었을 때 청두에서 자신의 사찰법을 보완, 완성하지. 내전이 끝나 가고 당나라가 이길 무렵, 현장은 마침내 장안에 입성한단다.

이미 5세기 동안 인도와 카슈가리아(지금의 서중국)에서 들어온 포교자들이 사찰을 세우고 산스크리트어를 끊임없이 중국어로 번역했지. 바로 불교의 두 기둥, 소승불교와 대승

〈인도로 가는 중국 승려 현장〉, 도쿄국립박물관

불교 이야기야.

현장은 태종에게 당나라를 떠날 자격을 요청해. 하지만 황제는 칙령을 내려 거절한단다. 태종은 이제 막 왕좌에 오른 터라 당나라 백성이 미지의 세계로 떠나는 일에 대해 우려가 많아. 그러던 어느 날, 현장이 꿈을 꾼단다. 629년 어느 날 밤에 신성한 수미산이 바다 한가운데에서 솟아나는 꿈이었어. 그는 정상에 올라가 파도 속에 뛰어들고 싶어 해. 그리고 바로 그 순간 마법의 연꽃이 발밑에서 피어나더니 그를 가볍게 떠받쳐 주는 거야. 산이 워낙에 거대해 오르기가 어렵지만, 그때 신비한 소용돌이가 일면서 현장은 어느덧 산정에 오른단다. 현장이 가없는 수평선을 바라보는데 문득 환희가 벅차오르는 거야. 현장은 잠에서 깨고 며칠 후 위대한 서역을 향해 떠나.

나는 일류 탐험가인 오렐 스타인이 쓴 책,《아시아의 오지Innermost Asia》4권에 인쇄된 지도대로 현장의 일정을 따라 서중국과 중앙아시아를 샅샅이 훑고 다녔어. 여행 중에 그 책도 들고 다녔지만, 잃어버리고 말았구나. 다른 책들과 함께 태국에서 화재로 소실되고 만 거야. 불교의 무상에서 하나 더 배운 셈이지.

현장은 유교파란다. 즉, 중국의 고전적이고 형식적인 특성을 중시한다는 뜻이지. 전통적인 예의범절과 규범의 엄준한 준수 같은. 하지만 동시에 심오한 가치들도 구현했단다. 상식, 신중함, 공정 감각, 일상에서의 사리분별, 친구 간의 섬세한 배려. 그리고 평정심이 있지.

그는 간쑤사막을 가로질러 대상들의 길을 따라 몽골과 타림분지까지 갔어. 황허강에서 파미르고원까지 위대한 서역의 모든 민족이 빈번하게 오가던 시장들도 지났어. 투루판 인근의 베제클리크 프레스코화에서 지금도 이 전설적인 군중을 볼 수 있을 거야. 그림에서는 소그디아나와 투르키스탄의 대상들이 튀르키예나 이란 사람처럼 보이겠지만 어쩌면 당연하다 싶구나.

중국은 간쑤에서 끝이 나고 거기서부터 위대한 서역이 시작해. 대초원 너머 대초원, 그리고 신비한 고비사막. 이들 적들의 오지를 접한 후 천년왕국 중국이 얼마나 두려웠을까. 저 길을 가다 보면 톈산산맥과 파미르고원의 만년설을 맞닥뜨려야 했지. 국경은 폐쇄되고 통과하고 싶으면 황제의 허가가 필요했어. 현장은 숨어서 다녔단다. 낮에는 숨어지내고 밤에만 걸었어. 결국 대상들의 살인마라는, 저 가없는

베제클리크 천불동 석굴 벽화. 당나라 상인(위)과 위구르인 모습

베제클리크 천불동 석굴 벽화. 부처에게 무릎을 꿇고 헌물을 바치는 소그디아나인 모습

고비사막도 혼자 통과했지. 무엇보다 마라魔羅의 군대를 만날까 두려웠단다. 마라는 불교에서 말하는 악귀인데, 물론 마라의 군대란 사막의 신기루를 뜻한단다.

현장은 고비사막 깊숙이 들어갔어. 중국인들이 모래 바다라고 부르는 곳이야. 방향은 자기 그림자로 잡았어. 쉬지 않고 걸었지. 불교의 지혜인 반야바라밀般若波羅蜜을 주문으로 외우면서. 끝도 없는 사막의 고독한 순례자를 그려보렴. 끊임없이 위기에 맞서며 오로지 자기 그림자에 의지한 채 그렇게 인도까지 간 거야. 불경을 찾고 형이상학적 가르침과 맞서기 위해서. 불경의 신비한 불꽃이 태양의 불길로부터 그를 보호해 주었지.

현장은 자신의 여행을 위해 그 어떤 부도 찬양도 명예도 원치 않았어. 유일한 목표라면, 자신이 초월의 지혜와 영험한 불법으로 정의한 물건이 다였단다.

7세기 투루판 왕국은 중앙아시아 문명의 핵심이었어. 중국과 페르시아 모두에 영향을 받았단다. 지금은 모두 사라졌지만, 독일 탐험가 알베르트 폰 르코크가 베를린에 가져간 프레스코화를 보면 정치적, 경제적, 문화적 삶이 놀라울 정도였지. 르코크는 자신이 발견한 간다라 불교를 최후의

"말기 유적"이라고 불렀어. 유럽의 중세까지 이어지다가, 수 세기의 시간과 공간 동안 고비사막 깊이 잊히고 말았거든.

현장은 톈산산맥을 넘어 시르다리야 분지까지 갔어. 빙산으로 덮인 곳이라 오렐 스타인과 스벤 헤딘 같은 19세기 위대한 탐험가들도 "산정이 하늘까지 이르는" 위험한 "얼음산"이라고 묘사했던 곳이야. 그는 톈산에서 내려와 원시의 이식쿨호로 향했어. 일명 "뜨거운 호수"인데 절대 어는 법이 없기 때문이야. 서돌궐의 위대한 칸, 통 야브구 카간도 만났어. 그의 제국은 한창 전성기라 알타이에서 옥수스강(아무다리야강)과 바다흐션까지 지배하고 있었지.

국경이 페르시아와 중국에 이르는 유목민 왕국을 생각해보렴. 《구당서》도 그를 경이로운 인물로 묘사했지. 이란을 더 잘 감시하기 위해 차슈(지금의 타슈켄트)에 수도를 세웠어. 북동쪽으로는 투루판 왕이 실질적인 가신으로 있고 남쪽으로는 아들 하나가 박트리아를 통치하고 있었어. 《당사*History of the Tang*》에 보면 서방을 넘어서까지 지배력이 있었다네. "그렇게 강력한 서방 야만인은 결코 없었노라."

그의 비밀은 유목민 기병대였어. 기마의 역사. 몇 세기 후 헤겔이 나폴레옹을 말 탄 자이트가이스트*zeitgeist*, 즉 시대정신이라고 부른 것과 같단다.

중국과 이란 세계를 굽어보는 톈산산맥의 그림자 아래, 이식쿨호 주변의 거친 원시 지역을 그려보렴. 때는 바야흐로 7세기, 아시아의 역사가 중요한 기로에 서 있을 때였어. 당나라가 득세하면서 중국 서쪽의 위구르족을 지배하는 길도 열렸지. 사산왕조(투르크의 팽창을 막기 위한 방벽)는 결국 이슬람에 먹혔어. 무슬림 페르시아에서는 투르크의 다음 술탄이 참석한 가운데, 투르크 용병대장이 권력을 잡기도 했어. 그리고 페르시아를 넘어, 비잔티움(룸)은 1453년 마침내 이슬람에 정복당하고 만단다.

현장은 계속 걸어 사마르칸트에 이르고, 시르다리야와 아무다리야를 가르는 붉은 모래 키질쿰사막의 동쪽 국경을 넘었어. 사마르칸트는 매우 오랜 도시인데 중국인들이 소그디아나 모두를 일컫는 이름인 캉으로 불렀지. 마라칸다(사마르칸트)는 9세기 전 알렉산드로스 대왕 덕분에 알려졌는데, 페르시아 문화의 감시탑이고 동東이란 방언인 소그디니아어를 사용했어. 그 언어는 19세기 탐험가 폴 펠리오가 재현한 바 있지만, 당시에는 사마르칸트의 대상들이 고비를 거쳐 중국 둔황까지 퍼뜨리기도 했단다.

톈산산맥 위성 사진

따라서 트란스옥시아나의 문화는 페르시아와 닮았어. 종교는 조로아스터교에 뿌리를 둔 마즈다교였고. 하지만 중앙아시아의 대상, 소그디아나인들은 또한 불교와 일상적으로 관계를 맺고 있었단다.

현장은 계속 걸었어. 파미르산맥에 붙은 코틴코지맥을 지나고, 철문관鐵門關, Iron Doors[59]에 다다랐지. 철문관는 사마르칸트와 옥수스(서투르크 제국의 남쪽 국경) 사이의 대상들이 통과하는 통로였단다. 투르크가 중앙아시아와 인도 사이의 통행을 모두 통제했어. 철문관의 남쪽에서 현장은 옥수스강, 지금의 아무다리야강을 건너 고대 박트리아에 들어갔단다. 박트리아는 태곳적부터 이란 땅이지만 후에 알렉산드로스 대왕이 정복하면서 그리스 땅이 되었지.

현장은 처음으로 그리스불교(간다라) 문명, 즉 불교와 알렉산드리아 예술의 결합이 어떻게 이루어졌는지 보게 되었어. 그는 발흐에 도착했어. 발흐는 고대 박트리아로 역시 이란의 영향이 크지만 독실한 불교국이기도 했음에도 오늘날

---

59 6세기에서 8세기까지 실크로드를 따라 이어진 산길들을 뜻한다. 제국의 경계에 해당하며 통과하기 어려웠다.

남은 것이라곤 폐허가 된 불탑 몇 개가 전부야. 몽골과 무슬림의 침탈 탓에 조각상은 하나도 남지 않았구나. 현장은 발흐 다음으로 "눈의 산맥," 힌두쿠시를 건넜어. 험준한 산길을 넘자 바미안이 나왔지. 중앙아시아와 인도를 잇는 주요 중계 지역인데, 현장이 그곳에 갔을 때 불교 사찰이 10여 개에 승려도 수천에 달했단다. 현장은 산에 파놓은 동굴들을 찾아다녔어. 이를테면 법당 같은 곳들이지. 거대한 두 불상(53미터와 35미터)에 관한 이야기도 나오는데 2001년 탈레반이 파괴해 버리지. 중국의 순례 승려가 간다라미술의 마지막 작품들과 만나며 어떻게 반응하는지 볼 때마다 늘 감탄하고 만단다. 간다라 예술은 헬레니즘 최고의 자취 아니겠니. 거대한 불상은 실제로 그리스 조각상의 대형 버전이었어. 프레스코화도 있었지만, 그 역시 폼페이우스의 중앙아시아 버전이라 할 수 있겠구나.

그다음은 카불 계곡이었어. 당시엔 이미 인도에 속해 있었지. 그곳에서 현장은 처음으로 힌두교 고행자들을 만났는데, 일부는 완전히 알몸이고, 아니면 파란 천만 두르고 있었어. 의복을 소유함으로써 궁핍의 맹세를 어길까 저어했던 거야. 나머지는 시바교도였어. 몸은 재를 뒤집어쓰고 해골

로 장식한 모자를 썼지. 현장은 판지시르를 떠나 잘랄라바
드에 갔어. 나게라갈국(나가라하라)의 고대 도시로 인도 황제
아소카가 지은 대형 불탑이 유명했지. 불교에서도 가장 숭
엄한 전설 하나가 깃든 고장이란다. 과거의 윤회 속에서 한
젊은이가 당대의 부처 연등불燃燈佛(디판카라Dipankara)을 만났
는데, 그가 교인들에게 이렇게 예언을 한 거야. 그 젊은이가
미래에 해탈의 경지에 이른다고. 젊은이는 마지막 윤회에서
석가모니 부처가 된단다.

프랑스의 고고학 탐사팀이 하다라는 도시에서 찾은 보물
이 지금 파리의 국립기메동양박물관에 전시되어 있어. 네
가 본다면 그리스불교 아르누보[60]가 어떤 예술인지 알게 될
거야. 아프가니스탄 깊이 마법이 작용한 덕에 간다라 예술
의 헬레니즘 학파가 예술적으로 한 걸음 더 나아갔지. 카불
과 펀자브의 그레코로만 예술에서부터, 그리고 로마-시리
아 예술과 팔미라 예술의 자매로서, 완전히 다른 버전의 고
딕-불교 예술이 탄생했단다. 그런데 17세기 중반에 아랍인

---

60   간다라미술이라고도 한다. 불교적 주제를 특징으로 하며, 그리스-로마 요소를 각색
      하여 보완한다.

카트만두에 있는 연등불 불상

들이 신을 빙자한 반달리즘으로 무장한 채 침입했어. 이슬람이 개입하지 않았다면 우리 예술은 전례 없이 높은 경지에 이르렀을 거야. 그레코로만에서 고딕까지의 이 마법 같은 발전은 아프가니스탄에서 발견되었고 유럽보다 9세기나 앞선 성취였단다.

현장은 부처가 있던 동굴도 찾아갔어. 부처는 그곳에서 나가(또는 용의 왕 고팔라)를 길들인 후 자신의 종적을 남겼어. 현장도 홀로 동굴에 들어갔어. 길에서 만난 한 노인의 가르침을 따라서였지. 50걸음, 동쪽 벽을 만질 것, 물러 나와 조용히 서 있을 것. 절을 100번 할 것. 아무 변화가 없었지. 현장이 절망하는데, 동쪽 벽에서 한 줄기 빛이 일렁이는 거야. 현장은 계속 절을 했어. 그러자 동굴 전체가 빛으로 충만해졌단다. 눈부신 백색광. 소위 "황금산"의 이미지를 드러낸 거야. 부처의 몸과 승복은 노란빛을 띤 붉은색이었는데, 얼굴에서 무릎까지 온통 번쩍였어. 그 아래 연화좌蓮花座는 일종의 석양으로 덮여 있었지.

예술은 언제나 간다라로 회귀한단다. 간다라는 다시 한번 마케도니아 사람들 덕에 알려진 터였지. 마케도니아는 그리스 왕들이 박트리아에서 쫓겨난 뒤 또 다른 기회를 위

〈부처 입상〉, 그리스불교(간다라) 양식의 불상. 도쿄국립박물관

해 망명하는 곳이었어. 그 모든 간다라의 부처들, 아폴론의 순결한 인상, 굽이치는 머리카락과 승복의 우미한 주름. 현장이 부처에게서 최초의 인간 이미지들을 목도한 후 다시 한번 중국 순례자들이 밀물처럼 밀려드는 모습을 상상해 보렴. 현장보다 2세기 전, 간다라는 대승불교에서도 매우 중요한 철학자 두 명을 품었단다. 아상가와 바수반두. 둘 다 페샤와르 출신이야. 페샤와르는 몇 세기 후에 이슬람의 지배를 받으며 무슬림 로마, 즉 동방의 로마가 되지. 나도 그곳의 현인들과 녹차를 수도 없이 마시며 '알카에다라'는 이름의 포스트모던 신화에 대해 배운 바 있어. 하지만 그것도 "우리의 자유를 싫어한다는 이유로" 아프가니스탄의 어느 동굴에서 빠져나온, 깡마르고 성질 더러운 아랍인이 9/11이라는 공상과학 같은 작전을 꾀하고 기획하고 돈을 쏟아붓고 연출하고 감독하기 전 일이니, 역시 또 다른 이야기이겠구나. 현장이 페샤와르에 들어갔을 때는 훈족이 침입해 간다라 문명을 파괴하고도 한 세기가 지났을 때였어.

  현장은 인도 깊숙이 들어갔어. 인더스강을 건너 펀자브와 위대한 도시 탁실라까지. 몇 세기 후, 인도의 고고학 연구팀은 현대의 사라이칼라 유적지 밑에서 나란히 놓인 도시를 최소 세 곳이나 확인했단다. 탁실라 왕의 고대 도시, 통치자 에우크라티데스의 그리스 도시. 세 번째는 아마도 인도-스키타이(쿠샨)의 황제 카니슈카가 세운 곳일 거야.

카슈미르와 그곳의 독실한 삶 이야기도 해볼까. 4세기의 카슈미르에는 시바교에서도 가장 철학적인 학교 하나가 있었어. 현장이 그곳에 갔을 때 불교는 여전히 팽창 중이라 사찰만 100여 곳이고 승려는 5000명이나 되었지. 인도의 아소카 왕이 지은 세 개의 스투파(불탑), 그리고 카니슈카 왕의 유물도 눈부셨단다. 두 왕은 가히 불교의 콘스탄티누스와 클로비스에 비견할 만했지. 카슈미르의 왕은 도로를 꽃과 향수로 치장하고 직접 현장을 영접하러 나왔어. 그리고 현장의 요청에 따라 20명의 필기사를 배치하고 경전과 철학 문서 들을 찾으라고 지시했지. 현장은 카슈미르에서 2년을 지낸 후 산에서 내려와 불교의 흔적을 찾기 위해 신성한 땅 갠지스로 떠났단다.

현장은 브라만교도들을 만났어. 마드야미카[61]에 아주 정

107

통한 사람들이지. 그들의 불교 비판이 매우 극단적이라 서방에서조차 허무주의 딱지를 붙일 정도였단다. 마드야미카는 중도The Middle Way였어. 1세기경 철학자 나가르주나가 데칸에서 확립했지. 아주 정묘한 변증법으로 세운 시스템이자 극단적인 강경론이라 서방에서도 오직 반론적으로만 이해한단다. 인도의 개념을 서방의 등가어로 설명하기가 그만큼 어렵기 때문이야. 따라서 허무주의 교리, 즉 공空과 무無의 이론이라 하지. 하지만 수냐타sunyata[62]도 정확히 "공void"과 일치하지는 않아. 내가 그 개념을 이해한 것도 처음 인도에서 부처의 발자취를 추적한 이후였단다. 마드야미카는 불교의 형이상학이야. 칸트보다 17세기나 앞섰구나. 일종의 순수이성 비판이었으니까. 의지와 표상으로서의 세계관에서 수냐타는 정신과 영혼이 표상과 의지에서 해방된 상태로 빛을 발하지. 우리 같은 서구인이 이해 못 하는 것도 어쩌면 당연한 거야.

바로 이런 이유 때문에 인도와 서방의 세계관이 괴리가

62　'공空'을 인도의 고어古語인 산스크리스트어로 'Sunya 또는 Sunyata'라 쓴다.

큰 거야. 서방의 논리로 공을 단순화하면 그게 허무주의가 되지. 반대로 우리가 인도인을 지적으로 도덕적으로 온갖 집착으로부터 자유로우며 감각은 물론 영혼까지 정화한 존재로 본다면, 소위 "현실성"에서의 완전한 해방 속에서 장엄하고 신비로운 쾌락의 근원, 즉 경이로운 "생의 약동élan vital"의 원인을 보게 된단다.

우리가 우리 자아Ego 깊이 뛰어든다면 자아를 해체할 수밖에 없어. 이 세상의 도덕적 고통과 물질적 장벽 대신, 역으로 끝을 알 수 없는 심연이 마음을 빼앗는단다. 그건 찬란한 해저 심연과도 같아. 범접할 수도, 감히 말로 표현할 수도 없는 아름다움과 찰나적 심원함, 무한의 투명함으로 가득한 곳이지. 이 공허의 지표에서 사물의 신기루가 다채로운 색과 함께 유희를 즐기는 거야. 물론 보이는 것과는 다른 존재들이겠지. 우리가 감히 이 무한의 심원함, 깊이, 절대적 공허의 절대적 순수를 무한히 관조하려 한다면, 신기루는 흩어져 버려. 실체가 온전히 드러나고 온갖 힘들이 작동하지. 바로 거울 너머로 가는 거야.

현장은 도서관에 핵심적인 자료들뿐 아니라, 고대 땅 크루크세트라에 위대한 길The Great Way의 철학적 비밀에 정통한 학자들이 가득하다는 사실을 알았어. 크루크세트라는 서쪽으로는 인더스강, 동쪽으로는 갠지스강 사이이고, 북쪽으로는 히말라야산맥, 남쪽으로는 라지푸타나 사이에 자리하고 있었지. 전설에 따르면 이곳이 바로 위대한 서사시 마하바라다가 발현한 곳이야. 갠지스의 지배권을 위해 카우라바족과 판다바족이 전쟁을 벌인 곳이기도 하고. 현장은 크리슈나의 복음을 들을 수 있었어. "삶과 죽음은 경계 없는 바다와 같아 끝없이 양쪽으로 흐르도다."

현장은 마침내 카필라바스투에 도착했어. 부처가 태어난 곳이자, 한때는 수천 개의 사찰이 있던 곳이었어. 유적은 밀림 한가운데 어디에서나 볼 수 있었지. 그곳이 알려진 건 겨우 20세기 초였는데 아소카 황제가 세운 (불법佛法을 새긴) 석주 덕분이었어. 바로 부처가 태어난 정원, 룸비니의 카필라바스투 문에서 발견했지. 현장은 또한 젊은 왕자가 마차를 타고 교외로 떠나면서, 처음으로 노화와 질병 그리고 죽음 같은, 자신의 삶을 주조하게 될 상징적인 일과 운명적으로 조우한 곳도 둘러볼 수 있었단다.

룸비니 정원은 마야 부인이 똑바로 선 채로 오른손에 나뭇가지를 붙잡고 왕자를 낳은 곳이야. 신성한 아이는 어미

카필라바스투의 석주

의 오른쪽 옆구리에서 나와 인드라와 브라마의 팔에 안겼지. 인드라는 베디즘의 최고 신이고 브라마는 브라만교의 최고 신이란다. 아기는 사방으로 각각 일곱 걸음을 걸음으로써 세상을 소유했어. 석주 하나가 정원 한가운데 있었는데 그 덕분에 룸비니를 찾아낸 거야.

현장은 또한 부처가 열반에 들었다는 풍경도 보았단다. 부처는 히라냐바티 강가의 두 나무 사이에 잠자리를 마련했는데 나무들이 이내 꽃으로 뒤덮였지. 그는 제자 아난다를 위로했어. "태어난 것은 불안전 상태인데 어떻게 소멸하지 않을 수 있겠느냐?" 그리고는 창조된 것은 무엇이든 소멸한다는 사실을 다시 강조했어.

그리고 현장은 바라나시(베나레스)로 떠났어. 대부분 힌두교도가 살았지만 그렇다고 부처를 잊은 건 아니었지. 사르나트에서는 녹야원鹿野苑에 자리를 잡아 이곳에서 처음으로 설법을 펼쳤단다. 이른바 법륜法輪을 움직이기 시작한 거야. 바라나시 설법에서 부처는 극단적인 삶을 거부하고 중용을 강조했어. 중용은 평화와 과학, 계몽과 열반으로 이끌지. 만사가 고통이라면 고통을 다스리기 위해서는 욕망부터 버려야 해. 중용. 태양으로 이끄는 길. 바로 네 이름, 아이얀에

마야 부인상을 모신 사당인 마야데비사원(뒤쪽 건물)과 룸비니 유적

룸비니에 있는 보리수 나무와 불교 순례자들

들어있단다.

현장은 부다가야에도 갔어. 불교의 심장이자 부처가 보리수 나무 아래서 깨달음을 얻고 지혜를 획득한 곳이야. 부처는 그 나무 아래에서 어렵지 않게 불멸의 보살을 상상할 수 있었다더구나. 인류의 고통과 그 고통을 없애는 방법에 몰두한 거야.

그러고 현장은 고난의 회귀를 시작했단다. 둔황에도 잠깐 들렀어. 불교 석굴을 신성시한 곳이야. 현장은 그곳에서 태종에게 보낸 탄원이 받아들여지기를 기다렸지. 위대한 서역의 여행자들이 마침내 휴식을 취한 곳이 둔황이었단다. 최초의 불교 센터…. 우리가 아는 까닭은 펠리오가 파리의 국립기메동양박물관에, 그리고 아우렐 스타인이 대영박물관에 가져다준 비단에 그려진 프레스코화와 그림 덕분이었어. 원래 천불동(둔황석굴)에 있던 유물들이지. 인도 특유의 투명한 스카프를 두른, 보살의 나신 토르소 바로 옆에서 우린 또 다른 보살을 만나게 될 거야. 완전히 중국화된 보살을. 중국 사상사와 문화사의 교차로 한가운데에서, 인도와 이란의 대상 모두가 지나간 장소에서, 여러 세기가 지난 후에야 마침내 우리는 어떻게 당나라가 외국의 무수한 영향을

둔황석굴

둔황석굴의 벽화

둔황석굴의 비단 그림

수용하고 해석하고 채택했는지 알게 된단다.

한 이름 없는 승려가 불가능을 넘어서 고비사막, 톈산산맥, 힌두쿠시산맥, 인더스강, 갠지스강, 파미르고원을 넘고 건넌 지 10년이 지났을 때였어. 중국 황실에서 이런 불쾌한 분위기를 감지하고 발끈했을까? 아니, 오히려 현장을 영웅으로 환대했어. 그는 멋있게 장안에 입성해, 주작대로朱雀大路를 지나, 경건하게 홍복사弘福寺로 안내받았지. 인도에서 가져온 유물, 조각상, 문서와 함께. 그 후 현장은 번역팀의 도움을 받으며 산스크리트어 문서를 600편 이상 번역하고, 인도 형이상학의 미묘한 개념에 적확한 용어를 묵묵히 번역해 낸단다. 첫 번째 번역서(《유가사지론瑜伽師地論》)는 648년 가을에 완성하고 태종 황제가 "은과 비취처럼 고귀한" 달필로, "하늘과 땅만큼 오래오래" 이어질 서문을 쓰지. 물론 현장은 자신의 특별한 여행도 책(《대당서역기大唐西域記》)으로 엮어 황제에게 바쳤어.

현장

난 현장을 파우사니아스(그와 비슷한 그리스 여행가)와 포스트모던 기자의 융합으로 본단다. 콘래드가 나를 동남아시아로 이끌었듯, 현장은 중앙아시아와 남아시아를 가로질러 수많은 실크로드로 나를 이끌어 주었어.

나는 너와 네 아빠 그리고 내가 북서항로를 건너는 꿈을 꾼다. 불과 1세기 전에 정복한 곳인데, 너도 분명 그 장엄한 빙식작용에 압도될 게다. 얼음이 어떻게 복사열을 반사하는지 아빠가 알려주었겠지? 아니, 얼음이 아니야. 그 아래 보이는 것은 북극의 검고 검은 바다란다. 북극이 따뜻해지면서 우주로 반사되는 태양 복사가 점점 줄어들고 있구나. 삶의 기반으로서의 바다 얼음을 제거하면 그게 바로 네 세대가 물려받을 유산이 되겠지. 강력하고 거대하고 위험천만한… "실험".

북서항로를 건너기 전에 우리 3인조가 실크로드를 따라가고 싶구나. 아무튼 네가 태어나기 전부터, 내가 떠나는 그날까지 난 그 일을 하고 있을 거야. 그때쯤 너도 네 괴짜 할애비가 써놓은 글들을 어느 정도 읽었겠지? 인터넷에도 많이 퍼져 있을 테니까. 상식, 저작권, 통제, 획일성이라는 이름으로 감독하고 독점하고 정화됐겠지만, 그래도 이론상으로나마 불멸이니까. 말인즉슨 정치 문제로 너를 괴롭히지는 않을 게다.

에, 파운드라면 이렇게 말했겠지? 단편적으로나마? 마키아벨리에서 이상한 나라의 앨리스까지 손자와 내가 알아야 할 교훈이 있다면, 권력자가 과연 누구냐는 것이야. 어떻게, 왜, 무슨 목적으로, 왜 우리가 전쟁을 겪어야 하는 걸까? 네가 태어나는 지금도 그렇지만, 이 편지를 읽을 지금도 우리는 경제체제와 통제 정부와 미디어를 소유한 엘리트 사이코패스들한테 지배받고 있단다. 놈들의 수법을 알겠니? 놈들의 수법은 돈을 긁어모으기 위해 전쟁 당사자 양측에 자금을 대고, 미디어 선동(프로파간다)을 통해 대중의 동의를 조작해 낸단다.

너는 유럽연합의 시민이다. 미안하구나, 정확히는 "유럽"이라 일컫는, 끊임없이 분열하는 민족국가들의 이합집산이라고 해야겠구나. 소련이 붕괴했을 때도 아무도 예상하지 못했어. 내 세대는 냉전하에서 성장했지. 정말로 혹독하고 고통스러운 시대였지. 구소련은 노르곶(노르웨이 북단)에서 파키스탄까지 견제받았어. 네가 태어나면 냉전 2.0이 발트해에서 흑해까지 가상의 벽을 세우고 있을 테지.

분명한 사실은 넌 유럽연합에서 태어났단다. 그 속에서

독일이 경제적 거상이지만 결함이 많기에 실속 있는 범유럽적 프로젝트를 이끌 능력이 없단다. 네가 태어나는 유럽연합은 아빠, 엄마 들도 좌절하고 있지. 아들딸이 실업자 또는 저소득자라는 사실, 그리고 자신들의 잘려 나간 연금과 택도 없는 공공서비스 때문이지. 네가 태어나는 유럽연합은 1930년대 이후로 최악의 경제 위기에 처해 있구나. 아마도 가없는 경기 침체의 초기 경보쯤이려나. 너는 완전히 차원이 다른 세상의 첫 세대로서, 허리케인의 눈 속으로 내동댕이쳐지겠지. 500년을 이어온 역사 단계는 종언을 고하고, "위대한" 발견과 식민주의로 시작한 백인의 지구 지배도 끝을 맺는단다. 마치 역사의 진자(역사라는 천사의 앙갚음?)[63]가 우리를 500년 전으로 돌려보내려는 걸까? 친디아Chindia[64]가 세상의 중심이었던 시대로? 더 부유하고, 더 혼잡하고 더 진보했던 시대로?

테크노 가이야, 내가 영원의 잠에 들기 전에 이 얘기는 꼭 하고 싶구나. 우리가 아는 것은 우리가 (그람시의) 찰나를 산

63　발터 벤야민의 이론, 벤야민은 역사를 끊임없는 절망의 연속으로 보았다.
64　중국과 인도를 아울러 뜻하는 말.

다는 사실이야. 구질서가 서서히 죽어가고 신질서는 아직
태동하지 않았지. 어쩌면 팍스 유라시아가 될지도 모르겠구
나. 전면전이 될 수도 있고. 그리고 그동안 차세대 기술혁명
(로봇공학, 유전공학, 인공지능)이 인간의 행동 전반을 완전히 부
적절한 것으로 판단하겠지.

  그러니 이제 네가 길을 떠날 차례로구나. 네 이름을 떨치
기 시작해야지. 넌 친구들한테 적게나마 도움을 받았어. 콘
래드와 랭보에서 비트 세대까지. 알다시피 〈폐허의 거리
Desolation Row〉[65]는 어디나 가능하단다. 누아르 필름처럼 부
패가 부패 위에 쌓이는 곳. 평행 차원에 비친 영혼의 폐허,
인류의 불행, 모든 것을 초월해 극단적으로 퇴행하는 신자
유주의적 현실엔 교활한 인물과 비전과 암시만 가득하지.
절박하고 절망적인 마음 상태는 좀비 죄수들이 버글거려 마
치 악몽으로 탈바꿈한 꿈을 투사하는 듯하지.

  그리하여 넌 너만의 전쟁기계Machine de guerre로《안티 오
이디푸스Anti-Oedipus》[66]의 오랜 친구인 들뢰즈와 가타리의

---

65 1965년 밥 딜런이 발표한 노래 제목.
66 펠릭스 가타리, 질 들뢰즈가 공저로 쓴 책(1972).

결합체를 배치할 거야. 내가 네게 선물할 수 있는 모든 것을 삶의 무기로 활용하렴. 파편의 삶, 소크라테스 이전 철학, 보들레르, 베냐민, 보드리야르, 시오랑, 보르헤스… 회색 정장의 부처, 엘리엇. "이 파편들로 나는 내 폐허를 버텨냈다."[67] 파편은 그 자체로 세상을 포괄하며, 따라서 하나의 (파편화한) 진리란다. 어쩌면 다음의 진리와 모순될 수도, 그것도 영원히 그렇겠구나.

어쩌면 너도 아주 아주 옛날에 우리가 할 일이 거의 없었다는 점을 알게 되겠지. 기껏 그리스 궤변 학자들이 윤색해둔, 멋들어진 절망만 늘어놓는 것밖에는.

회의주의, 즉 고상한 우려는 아주 멋진 진통제란다. 너도 불교가 "오롯이" 또 다른 형태의 회의주의라고 끝없이 비하하는 이야기가 헛소리임을 알게 될 게야. 헛소리. 그보다는 중국 신화의 봉황 같은 반신 존재들 쪽에 관심을 기울이기를 바라마. 천국과 지상 중간에서 요즘 인간들이 얼마나 어리석은지 낄낄대며 비웃는 존재들이니까.

67   T. S. 엘리엇의 〈황무지The Waste Land〉에서 인용.

티베트 불교에서는 세상이 실재한다고 떠들겠지만 그렇지 않단다. 부처가 연꽃을 주우며 미소를 짓는데 그게 무슨 뜻일까? 중요한 것은 미소 그 자체야. 욕망, 혐오, 평온의 의미는? 해탈의 의미는? 불교에서는 그 모두가 너어무 너무 과도한 거야. 대답은 불가능하단다.

그 모두가 그저 꿈이라면? 보르헤스에 따르면 13세기 몽골 황제 쿠빌라이가 성을 꿈꾸고 그 꿈에 따라 성을 지었지. 18세기의 영국 시인 콜리지는 그 성이 꿈에서 비롯했다는 사실을 알 리 없지만 꿈에서 그 성에 대한 시를 본단다. 그러니 너도 대륙과 세기 모두를 포괄하는 인류의 영혼과 그 위에서 작동하는 균형에 대해 알고 싶겠지. "우리는 꿈을 꾸며 살아간다. 홀로."[68] 반면에 가까운 지인들과 함께 살기도 해.

《피네간의 경야》에서 조이스처럼 흘러보렴riverrun. 그럼 계속해서 동일한 강으로 돌아올 거야. 모든 것은 흐른다. 그리고 어느 날, 어느 조명에 방해받은 명멸flicker 속에서 너도

<hr>

68   조지프 콘래드의 《어둠의 심장》에 나오는 대사.

다른 쪽으로 건너갔음을 알게 될 거야. 수냐타 효과지. 네가 태어난 서방은 수냐타를 설명하기 위해 그저 "무nothingness"를 품을 수밖에 없단다. "공void"의 저급한 버전이지. 공은 침묵의 형이상학적 차원이자 지고한 빛의 침묵이란다.

"달리아는 텅 빈 침묵 속에 잠든다."[69] 친애하는 아이얀, 침묵을 품으렴.

---

69   The dahlias sleep in the empty silence. T. S. 엘리엇의 《사중주 네 편》 중 〈이스트 코커〉에서 인용.

현장법사 서역 여행 지도

당나라의 승려 현장법사의 서역 여행은 단순한 종교적 여정을 넘어 동서양 문화 교류의 기념비적인 사건입니다. 627년(또는 629년), 그는 당시 한역된 불교 경전의 교리적 모순을 해결하고 원전을 구하기 위해 국법을 어기면서까지 홀로 인도행 길에 올랐습니다.

험난한 여정과 깨달음

현장은 타클라마칸 사막의 살인적인 더위와 파미르 고원의 혹독한 추위를 뚫고 중앙아시아를 거쳐 인도에 도달했습니다. 그는 당시 불교 학문의 중심지였던 그곳에서 수년간 수학하며 최고의 학자로 인정받았고, 인도 전역의 성지를 순례하며 방대한 양의 불경과 불상을 수집했습니다.

귀국과 역사적 가치

645년, 수많은 경전을 가지고 장안으로 돌아온 그는 당 태종의 환대를 받으며 여생을 불경 번역(역경)에 바쳤습니다. 그가 남긴 여행기인 《대당서역기》는 당시 중앙아시아와 인도의 지리, 풍습, 정치를 기록한 귀중한 사료가 되었으며, 훗날 소설 《서유기》의 모티브가 되었습니다.

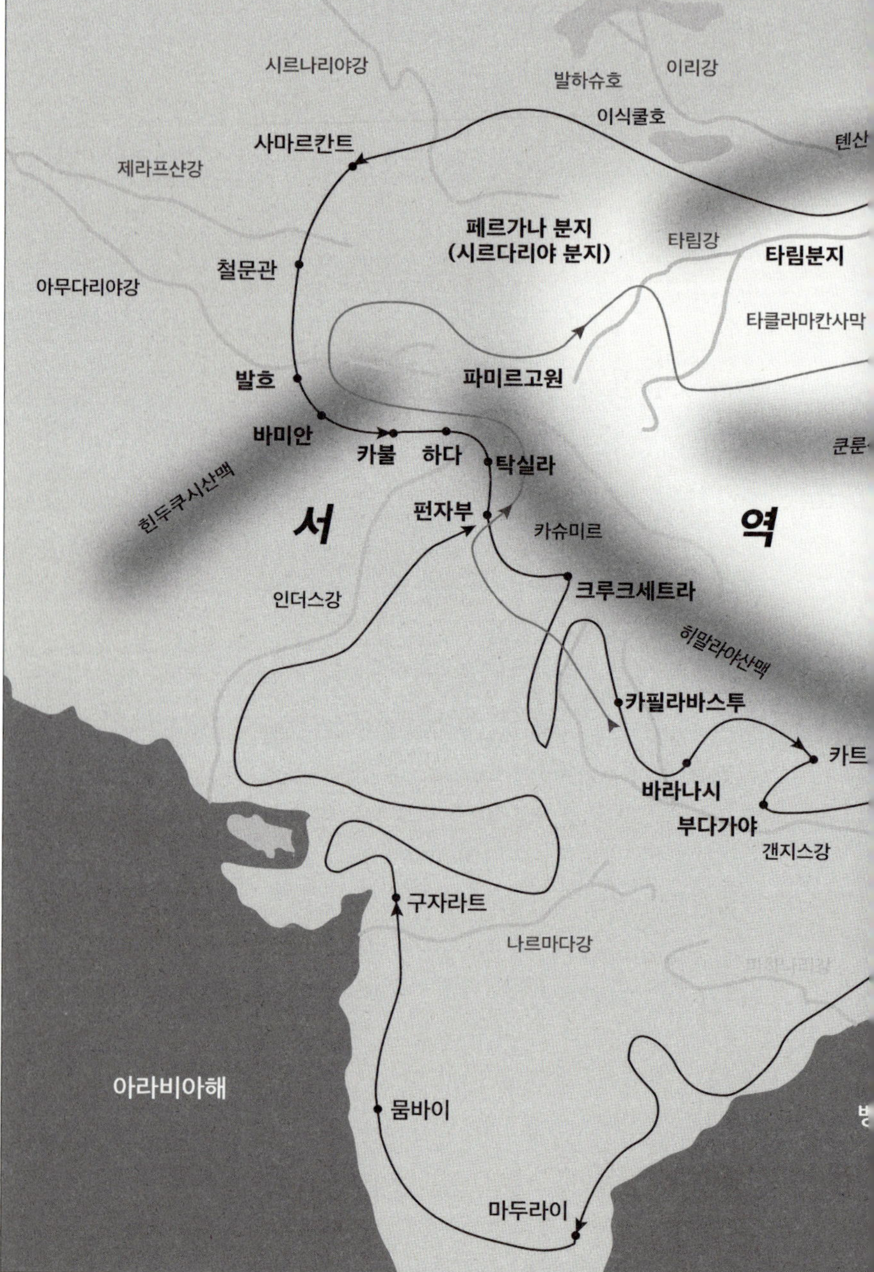

시르나리야강
발하슈호
이리강
이식쿨호
제라프샨강
사마르칸트
텐산
페르가나 분지
(시르다리야 분지)
타림강
타림분지
철문관
아무다리야강
타클라마칸사막
발호
파미르고원
바미안
쿤룬
카불
하다
탁실라
힌두쿠시산맥
서
펀자부
카슈미르
역
인더스강
크루크세트라
히말라야산맥
카필라바스투
바라나시
카트
부다가야
갠지스강
구자라트
나르마다강
아라비아해
뭄바이
마두라이

현장법사 서역 여행 지도
돌궐
고비사막
황허강
투루판
둔황
옥문관
간쑤성
치롄산맥
시안(장안)
당
토번
양쯔강
여행 경로
귀국 경로